溺《でき》愛《あい》パパのじれったい初《はつ》恋《こい》

名《な》倉《くら》和《わ》希《き》

ILLUSTRATION：兼《かね》守《もり》美《み》行《ゆき》

溺愛パパのじれったい初恋

LYNX ROMANCE

CONTENTS

溺愛パパの
じれったい初恋

携帯電話にセットしておいたアラームが鳴りはじめた瞬間に、優輝《ゆうき》はパチッと目を開けた。素早く画面をタップして音を止め、ベッドを降りる。

窓を覆っていた完全遮光のカーテンを一気に引き開けて、きれいに磨かれたガラス越しに春の朝日を浴びた。天気予報通り、今日もいい天気のようだ。

パジャマからシャツとチノパンに着替え、そのうえにエプロンをつけた。五年前から使っているエプロンはずいぶんとくたびれてきて、元は暖色系の複雑なチェック柄だったのに、いまでは赤い縞《しま》模様にしか見えなくなっている。けれどこのくたびれた感じが体にフィットして、とても使い心地が良いのだ。

優輝は自分の部屋を出て階段を降りた。部屋は三階だ。階段は吹き抜けになっていて、明かり取りの窓から効率よく陽光が入るようになっているので夜間以外は照明器具を使わなくても明るい。その明かり取りの窓がちょっと汚れてきていることに気づき、優輝は「今度の週末に掃除しよう」と頭の中のスケジュール帳に書きこんだ。

台所からはすでに良い匂いが漂ってきている。リズミカルな包丁の音も聞こえていて、いつものように住みこみの家政夫が早朝からフル回転で働いていることがわかった。

「おはようございます、照雄《てるお》さん」

「ああ、おはよう」

声をかけながら台所に入った優輝を、年配の男性が笑顔で振り返る。六十代半ばの照雄は、シャツの袖を肘までまくり、愛用の――これもまた色褪《あ》せたデニム生地――エプロン姿だ。照雄は優輝と身長がおなじくらいなのだが、がっしりとした体型でちょっといかつい。けれど家事は完璧のスーパー家政夫なのだ。

「優輝君、味噌《みそ》汁の味見をしてくれるかな」

はい、と返事をしてガスコンロに置かれた味噌汁の鍋を覗《のぞ》きこむ。ワカメと豆腐と葱《ねぎ》が浮いていて、とても美味《おい》しそうだ。味見をしたら、やっぱり美味しかった。そのあとは、できあがっているおかずを小皿に取り分け、ダイニングテーブルに手際よく並べた。

春らしい菜の花のお浸しと、鰆《さわら》の西京焼き、だし巻き卵と炊きたてのご飯だ。支度ができたところで、この家の主人が現れた。

「おはよう、優輝」

「おはようございます、泰成《たいせい》さん」

うっかりすると鴨居《かもい》に頭をぶつけてしまいそうなほどの長身を、ひょいと屈《かが》めてダイニングに入ってくる。今日は金曜日なので寝起きはいいはず、と顔色を窺《うかが》う。

（うん、大丈夫そう）

高羽《たかば》泰成、三十五歳。実家は箱根《はこね》の老舗旅館で、高羽家は手広く観光業を営んでいるグループ企業の創業家だ。その中のホテル部門のトップが、泰成だった。元からあった会社を引き継いだとはいえ、泰成がトップになってから業績はうなぎ登りだと聞く。

ちいさく欠伸《あくび》をしながら、白いワイシャツとスラックスのみの格好で、泰成がダイニングテーブルについた。まだぼんやりとした表情ながら、生来の顔立ちの良さは際立っている。くっきりと濃い眉の下には、二重の目。目尻がやや上がっているが、きつい印象は受けないていどだ。鼻筋は通っていて高い。唇はやや厚めで、口角がごく自然な感じで上がっている。目元がはっきりしているのに柔和《にゅうわ》な雰囲気なのは、きっとそのせいだ。

顔だけではない。泰成は均整の取れた体をしていて、スーツがとてもよく似合う。週に二度のスポーツジム通いの成果か、全身がほどよく引き締まっていて中年太りからはほど遠かった。薄いワイシャツの生地では隠しきれない充実した胸板の厚さが、優輝の胸を高鳴らせる。

一つ屋根の下で暮らしているのだから、毎朝、毎晩顔を合わせている。それなのに、優輝は顔を見るたびに胸をときめかせていた。

「優輝、明日のお出かけは予定通りでいいかな」

「はい、いいです」

優輝が頷《うなず》くと、泰成がにっこりと笑った。

明日の土曜日はいっしょに映画を観に行く約束になっている。自宅のリビングで映画のＤＶＤを観賞することが多いが、月に一度は二人で誘い合って映画館に足を運ぶ。昼過ぎに家を出て映画を観たあとは、どこかで夕食を取って帰るのが流れだ。

明後日《あさって》の日曜日は、そろそろ店頭に揃《そろ》いはじめている夏物の服を見に行くことになっている。泰成の趣味のひとつに、優輝の服を買う、という項目が加わってから五年近くがたつ。優輝のクローゼットはいつも満杯だ。ありがたいけれど、ちょっと困ってもいる。未成年の学生が身につけるには分不相応に高価なものもあるからだ。

けれどそんなこと、泰成には言えない。楽しそうに買い物をする泰成を見ていると、優輝も幸せになってしまうからだ。

「ああ、明日と明後日が楽しみだ」

泰成がご機嫌な様子で呟《つぶや》きながら、「いただきます」と手を合わせる。彼はどうしても外せない用事がない限り、週末は優輝のために空けておいてくれる。経営者なのだから土日も付き合いやら視察やらなにやらがありそうなものだが、極力、予定を入れない。

「優輝と週末を過ごす、それが私のモチベーションになっているんだ」

そう言ってはばからない。現に、週末に出張やビジネスゴルフ等の予定が入ってしまったとき、数日前から寝起きが悪くなる。優輝が寝室まで起こしに行かなければベッドから出てこないこともあるくらいだ。

「君も座って食べなさい」

「はい」

促されて、優輝はエプロンを外しながら向かい側の席についた。

「優輝、今日の予定は？」

「一限目から授業です。四限までびっちりあって、図書館に寄ったあと、午後六時頃には帰宅する予定です」

「そうか、一年生は忙しいな」

「必修科目はひとつも落としたくないので、真面目《まじめ》に勉強します」

「君はもともと真面目だ。なにも心配していないよ」

優輝はこの春、大学生になった。中学の途中から大学付属に在籍していたので、そのまま上に進学しただけだが、優輝は同級生の中でも成績はトップだ。もともと勉強は嫌いではなかった。新しいことを学ぶのは楽しい。それに、親戚とはいえほとんど血の繋《つな》がりがない優輝を引き取ってくれた泰成に、恥をかかせたくないという気持ちもあった。

「一時間の電車通学は大変か？」

「大丈夫です。ラッシュ方向とは反対なので、そんなに混みませんし」

「しかし二回も乗り換えがあるんだろう。やはり車の送迎をつけた方が……」

「泰成さん、その話はもう終わったはずです」

優輝が苦笑いしながらやんわり遮ると、泰成はため息をついた。

中学校と高校は比較的近く、通学は電車一本で十五分ほどしかかかっていなかった。それが大学のキャンパスまでは二回乗り換えて一時間かかるとわかったとき、泰成は車の送迎を提案したのだ。自動車免許を取得して自分で運転して通うならともかく、保護者が手配した送迎車で通学するなんて、とんでもない。優輝は深窓の令嬢ではないし、誘拐の心配があるＶＩＰでもない。

何日も話し合いを重ね、照雄が味方してくれたこともあり、自力で電車通学することに決定したのだ。それなのに、数日に一回の頻度で、泰成はこの話を蒸し返す。

「心配だ」

「大丈夫ですって」

「チカンにあったりはしていないか？　なにしろ君は可愛《かわい》いから、そうした懸念も――」

「ありません」

今年十九歳になる男に向かって、泰成は口癖のように「可愛い」を連発する悪い癖があった。たしかに身長は百七十センチに届かないくらいしか成長しなかったが、一般的にはこれでじゅうぶんだし、童顔でたまに中学生に間違われることがあっても学生証を提示すれば済む。本当に困ったことなどない。

「泰成さん、過保護もいい加減にしてください。あまりしつこいと、優輝君に嫌われますよ」

照雄が横から湯飲みを差し出しながら口を挟んでくる。

「照雄さん、僕が泰成さんを嫌うことなんて、ありませんよ」

「ほら、優輝君がそういう甘いことを言うから、泰成さんがいつまでも子離れできない」

「子離れって……」

いつまで子供扱いされるのか、と不満が顔に出てしまう。

「うちに来たばかりの頃の優輝君は、子供でしたよ」

たしかに、五年前、中学二年生の十四歳には見えないほど小柄でガリガリに痩《や》せていた優輝は、保護が必要な子供だった。でももうすぐ十九歳になるのだ。

「あのころの優輝は本当にちいさくて可愛かったな。なにがなんでも私が守ってあげよう、と思ったものだ。ああいや、いまでもじゅうぶん可愛いけどね。なんというか、こう——」

「泰成さん、箸《はし》が止まっていますよ」

照雄に注意されて、泰成がハッとしたように食事を再開する。

ピンポーンと門柱に取り付けてあるインターホンが鳴った。優輝がさっと立って壁のモニターで確認すると、グレーのスーツを着た七三分けのヘアスタイルをしている五十代ぐらいの男がうつっている。泰成の秘書である内田《うちだ》だった。いつの間にかもう家を出る時間になっていたようだ。

『おはようございます。内田です』

「内田さん、おはようございます。少々お待ちください」

優輝が応対しているあいだに泰成は「ごちそうさま」と箸を置き、洗面所へと急ぐ。歯磨きと髭剃《ひげそ》りを済ませた泰成に、背後で待機していた優輝はネクタイを渡した。鏡を見ながら結んでいる泰成の様子を窺いながらスーツの上着を広げた。ネクタイを結び終わった泰成が広げた上着に腕を通す。

玄関へと向かう泰成の後ろを、優輝はビジネスバッグを両手で抱えてついて行った。ピカピカに磨かれた革靴に足を入れたタイミングで靴べらを手渡す。使い終わったら受け取る。そしてバッグを差し出す。もう毎朝繰り返していることなので、いちいち声をかけなくても流れるように支度ができていく。

　いつもならここでキリッとしたビジネスモードに切り替わり、「行ってくる」と泰成が一言告げるのだが――なぜだか、じっと優輝を見つめてきた。

「泰成さん？」

「……おおきくなったな、と思って」

「そうですね。泰成さんのおかげです」

「抱きしめてもいいかな」

「え？」

　きょとんとしている隙に長い腕が伸びてきて、ぎゅっと抱きしめられた。整髪料の爽やかな匂いがふわっと漂い、鼻腔《びこう》をくすぐる。ついうっとりと目を閉じてしまった。

「ああ、会社に行きたくない。早く明日にならないかな」

　ぼそっと耳元で呟かれ、優輝も「行かせたくない」と反射的に応えそうになってしまう。そこに、ピンポーンとふたたび呼び鈴が鳴り響く。優輝は我に返った。慌てて泰成を突き放し、「なにやってんですか」と叱る口調になった。自分も流されそうになったくせに。

「内田さんが待っていますよ」

「そうだな。仕方がない……。行ってくる」

「行ってらっしゃい」

いつものように優輝は玄関の外まで出て、頭を下げて見送る。待っていた内田にも会釈して、優輝は泰成が乗った車が道の角を曲がって見えなくなるまでそこに立っていた。

しばしぼうっとしてしまう。さっきのハグはなんだったのか。

「あ、まずい。僕も出かける支度をしないと」

そろそろ出かけないと、一限目から授業がある。踵《きびす》を返して家の中に戻った。


優輝が両親を交通事故で亡くしたのは、十二歳のときだった。

もう小学六年生になっていたので、死の意味はわかっていたし、優輝をだれが引き取るかで伯父や叔母たちが揉《も》めているのも知っていた。両親が事故の加害側だったために賠償金で財産がなくなってしまい、優輝は無一文になっていた。そんな優輝の存在は、今後必要になる生活費と学費を考慮するとデメリットしかなく、だれにとっても負担だった。

二年間、親戚中をたらい回しにされた。どこに行っても厄介者の二年間だった。時には食事を与えられず、時には暴言を吐かれ、時には暴力を振るわれ、時には閉め出されて物置の片隅で一夜を過ごした。

児童養護施設に入った方が自分にとっても親戚たちにとってもいいのではないかと訴えてみたこと

もあるが、それでは体裁が悪いと却下された。

中学二年生の秋、突然、優輝の前に遠縁だという男が現れた。

「私は高羽泰成という。今日から君の保護者だ。よろしく」

優輝は栄養状態が悪かったために小柄で痩せていた。見上げるほどの長身でパリッとしたスーツが似合う別世界の人間のような泰成に、驚きのあまりうまく挨拶《あいさつ》ができなかった。

それでも泰成は特に機嫌を悪くすることなく肩を竦《すく》めただけで許してくれ、その大きな手で優輝の頭を撫《な》でた。まだ三十歳で独身だという。あとになってから、優輝を引き取るに至った経緯を知ることになるが、それはたいした問題ではなかった。

泰成は優輝に「荷物をまとめてきなさい。いますぐにこの家を出るから」と命じてきた。そのとき優輝は大叔父の家に居候していた。年老いた大叔父は、いつもは優輝を怒鳴り散らしているのに、仁《に》王《おう》立ちになっている泰成を睨《にら》みつけてなにも言わない。

「優輝君、悪いようにはしない。私を信じてついてきてほしい。荷物をまとめておいで」

重ねて言われ、優輝はちいさく頷いた。泰成は悪い人ではなさそうだが、きっとどこへ行っても待遇は変わらない。大叔父の躾《しつけ》があまりにも厳しく、優輝は過度の期待を抱くことを恐ろしく思うほどになっていた。

優輝の荷物は少ない。学用品と数枚の服だけだ。スポーツバッグひとつがあれば事足りる。急いでバッグに詰めて居間に戻ると、大叔父の姿はなく、泰成だけがいた。別れの挨拶はした方がいいだろうと、大叔父の姿を探すが見当たらない。

「優輝君、もう行こう」

「でも……」

「あの人は私の顔を見ていたくないから奥へ引っ込んだんだ」

どうして泰成の顔を見たくないのか、わからない。こんなに格好いいのに。

泰成は肩を竦めて苦笑いし、「悪事がバラされそうで怖いんだろう」と呟いた。大叔父の悪事とはいったいなんのことなのか、ぽかんとしている優輝の手を引いて、「おいで」と泰成は外にとめてあった車に促した。

「どこへ行くんですか？」

「私の家だよ」

連れて行かれた泰成の家は、都区内の一等地の戸建てで、無駄には広くない、使い勝手のよさそうないまどきの和洋折衷《わようせっちゅう》の家だった。そこには、住みこみの家政夫がいた。

「三輪《みわ》照雄といいます。今日からよろしくお願いします」

腰の低い、六十歳くらいの柔和な男性だった。泰成の実家は旅館で、照雄はその旅館の元従業員だという。

優輝には三階の日当たりがいい東南の部屋が与えられた。シンプルなデザインのベッドと学習机がすでに置かれていて、すべて新品だった。驚いている優輝の後ろで、泰成が照雄に「明日にでも二人

で服を買いに行ってくれ」と指示している。

「いますぐ着られる秋冬物と、これからの季節を考えて冬物のコートもあるといいだろう。優輝の好みをちゃんと聞いてやってくれ。普段着を一通りと、ちょっとした外出に使えそうなジャケットと靴も」

「わかりました」

信じられない会話が聞こえてきて振り向いた優輝は、泰成がクレジットカードを照雄に渡しているのを見た。ブラックカードだった。

(僕は男だけど……シンデレラって、きっとこんな感じなのかな……)

馬鹿《ばか》らしい発想をしてしまうほど、呆然《ぼうぜん》としていた。

「優輝君、慌ただしくてすまないが、明後日には私立中学編入のための面接がある。ちょっとした筆記試験もあるらしいから、心の準備をしておくように」

「……はい……」

私立中学編入。住む場所がずいぶんと変わったので、当然転校はあると思っていたが、私立に行くことになるとは考えていなかった。私立なんて金持ちの子供が通うところ、という認識しかない。いったいどんな学校なのだろうか。

「すまないが、私はいまから会社に戻らなければならない。なにかあってもなくても照雄さんを頼りにするようにしてくれ。ああ、もうこんな時間か」

泰成は腕時計で時刻を確認したあと、窓から外を見た。

「内田がもう来ている。照雄さん、あとは、その……頼む」

「わかっております」

「優輝君」

はい、と顔を上げたと同時に、暖かいものに包まれていた。泰成に抱きしめられていることに気づいたのは、何秒後だっただろうか。

「我が家へようこそ。君は今日からここで暮らすんだ。なんの気兼ねもいらない。中学生らしい生活をして、中学生らしいわがままを言ってほしい。私は独身で、君の保護者としては至らないところが山ほどあるだろうが、ひとつずつ学んでいくつもりだ。よろしくね」

泰成はパッと優輝を離すと、爽やかな笑顔を残して去って行った。

大人の男の人に抱きしめられたのは、たぶんはじめて。驚きすぎて、なにも言えなかった。

バタバタと泰成が階段を降りていく音がする。優輝が窓の外を見てみると、緑の芝生に覆われた広い庭の向こうに、黒塗りのセダンが一台とまっていた。運転席からスーツ姿の男が出てきて、後部座席のドアを開ける。玄関から駆け出してきた泰成が、慣れた動きで後部座席に乗った。

行ってしまう。一言もお礼を言えなかった。こんなに素敵な部屋を与えてくれて、優しく抱きしめてくれたのに。

「あれは泰成さんの秘書の内田という男です」

優輝の横から照雄も外を見て、そう教えてくれる。

「内田も、旅館の元従業員ですよ。そのうち紹介します」

「はい……」

照雄に家中を案内された。注意事項はひとつだけ。二階にある泰成の書斎には無断で入らないこと。

「泰成さんのビジネス関係の書類やパソコンが置いてあるので、主《あるじ》が不在のときは立ち入り禁止とします。私も呼ばれない限り、めったに入りません」

「他には？」

「なんです？」

「泰成さんの書斎以外に僕が入っていけない場所は――」

「特にありません。さっき泰成さんが言ったように、優輝君は今日からこの家の子です。好きなように寛《くつろ》いでください」

そんなことを言われたのははじめてだった。泰成の言葉に嘘《うそ》はなかったということだ。

どこの家に行っても、優輝が立ち入っていい場所の方が少なかった。リビングのソファに座ることすら許されなかったこともある。正面玄関ではなく裏口からしか出入りさせてもらえなかったことも。

この家の子――。あまりの好待遇に、戸惑いを隠せない。

「ああ、大切なことを忘れていました」

「なんですか」

身構える優輝に、照雄が「掃除です」と言った。

「自分の部屋の掃除は、自分で行ってください。この地区のゴミの日カレンダーが台所に貼ってあるので、それを見て覚えてくださいね。前日の夜に、自分で部屋から一階の裏口まで持ってくるように。旦那様も書斎のゴミは自分で片付けています。よろしいですね」

「……はい」

拍子抜けした。

「さて、まずはお風呂に入ってもらいましょうか」

まだ太陽は西に傾いてもいない時刻だ。この家では、こんな早い時間帯に入浴する習慣があるのだろうかと首を傾《かし》げたが、優輝はすぐに別の可能性に気づいた。

「……僕、臭いですか？」

そういえば、最後に風呂に入ったのは三日も前だ。いくら衣替えが済んだ秋とはいえ、今日は晴天で少し汗ばむほどの気温になっている。近くに寄ったら臭いのかもしれない。抱きしめてくれた泰成はどう思っただろうか、と青くなる。

「いいえ、大丈夫ですよ。ただ、いま着ている服はあまり体に合っていないようなので、私の方で何着か用意した部屋着がありますから、替えてみてはどうですか」

やんわりとした口調ながらも痛いところを突いてきた。

半年間、優輝の保護者だった大叔父は、優輝に極力お金をかけないようにしていた。与えられていた衣類は近所のお下がりの学生服と一着百円ていどの古着だけ。元々の色がわからないほど褪せたストライプ柄のシャツは袖を折らなければ指先が出ないし、ズボンは当然のごとく膝が抜けて穴が開き、ウエストをベルトで締めなければ落ちてしまうほどぶかぶかだった。

　照雄に風呂場へ連れて行かれ、最新設備に目を丸くし、使い方を一通り教えてもらった。浴槽にはすでに湯が張られ、ふわふわと湯気が立ち上っている。どの親戚の家でも風呂は最後で、冷めて汚れた湯しか記憶にない。まっさらでたっぷりとした量の湯を見たのは、二年ぶりだった。

　磨《す》りガラスの窓からは陽光が差しこみ、出窓にはちいさな観葉植物が置かれている。

「では、ごゆっくり。私は着替えとタオルを取ってきます。この籠《かご》に、脱いだものは入れておいてくださいね」

　照雄が脱衣所兼洗面所から出て行くのを見送ってから、優輝はのろのろとシャツのボタンを外した。下着一枚になったところで、唐突に洗面所のドアが開いた。ハッとして振り返ると、着替えとタオルを抱えた照雄と目が合う。体を見られて顔色を失った優輝に、照雄は優しく微笑《ほほえ》んだ。

「これが着替えです。優輝君は小柄だと聞いていたので、とりあえずSサイズを買っておきました」

「ありがとう、ございます……」

　体を隠すものがほしかったが、女の子でもないのにおかしいだろう。困惑して立ち尽くしている優輝を、照雄は微笑のまま眺めた。

「その痣《あざ》は、どうしてできたのですか？」

脇腹を指さされ、優輝は両手で隠した。

「背中にも痣がありますね。殴られましたか。だれに？　優輝君の大叔父にあたる人物ですか？」

なにも言えず、優輝は俯《うつむ》いた。自分の世話を請《う》け負ってくれた人の不利益になることは、だれにも言わないと決めている。大叔父には躾と称して杖《つえ》で殴られることがたびたびあったが、優輝はそれを外で漏らしたことはなかった。仕方がないことだからだ。優輝を引き取っても、なんの得もない。同居人が増えれば生活費はかかるし、まだ義務教育中なので外で働かせるわけにもいかない。できることは、せいぜい家事の手伝いくらいのものだ。手際が悪いと叱られるのはいつものことだった。

服に隠れるところを選んで殴ってくれるだけでも、ありがたいことだと思っていた。

「いままで、殴られたあとに気分が悪くなったり頭痛がしたり、目眩《めまい》がしたりしたことはありますか」

「……ありません」

「一応、医師に診察してもらいましょう。明日の午前中に予約を入れておきます。買い物は午後にします。よろしいですね？」

尋ねるかたちを取りながらも、受診は決定事項のようだ。優輝は諾々《だくだく》と頷いた。そのときそのときの保護者に黙って従うのは、優輝にとっては当然のことだった。逆らうことなど考えられない。

照雄が再度入浴を促してきたので、優輝はピカピカに磨かれた風呂場に一人で入った。

念入りに体を洗ったあと、湯船に体を沈めた。二年ぶりに味わう心地よさに、優輝は思わず泣いていた。その拍子に、いままで極力考えないでおこうとしていた両親との幸せな生活が一気に思い出されてしまい、涙が止まらなくなった。なかなか泣きやめなくて、様子を見にきた照雄に見られてしまい、とても体調を心配された。

その夜、家主である泰成は午後十時をまわったころに帰宅した。

照雄が玄関まで出迎えに行ったので、優輝も真似《まね》をして隣に立った。泰成は優輝を見て、フッと口元を緩めた。

「少し顔色が良くなったな」

「お風呂と、夕食をいただきました」

「そうか。照雄さんの料理は美味《うま》いだろう？」

「とても美味しかったです」

お世辞ではなく本当に美味かった。お腹いっぱいに温かい料理を食べ、優輝は今日このまま死んでもいいとすら思った。

「夕食は取られますか？」

照雄の問いに、「軽く頼む」と泰成が答える。照雄は台所へ行き、泰成は階段へ向かう。優輝は二人の後ろ姿を見て悩んだ末に、泰成について行った。泰成は書斎にバッグを置くと、すぐに寝室へ移動して着替えをはじめた。

「あの、泰成さん」

「なに？　もうなにか頼み事を思いついた？　なんでも言っていいよ」

「いえ、違います。いろいろと、ありがとうございます。僕なんかのために――」

「その言い方は良くないな」

　泰成がネクタイを首から抜きながら振り返った。

「なんか、という言い方はダメだ。自分を卑下するのは良くない」

「でも僕を引き取ってもメリットはなくて……」

「優輝君、いままで近い親戚の人たちになにを言われてきたか、だいたいの想像はつくけれど、全部忘れてしまいなさい。私は遠縁の者として、君の現状を知ったからには放っておけなかった。幸いにも生活に余裕があるから、引き取ることが可能だった。こういうことはね、メリットデメリットで判断するものじゃない。ご両親の事故は、君にとって災難だった。君はなにも悪くないのに、まるで罰を受けるような二年間だったようだね。さぞ辛《つら》かっただろう。よく耐えた。偉かったな」

　泰成がそっと優輝を抱き寄せてくれる。ワイシャツ一枚越しの体温は、とても柔らかくて優しくて、優輝はまた泣きそうになった。

「これからはここでぬくぬくと暮らしなさい。大丈夫、取り戻せる」

　ぐっと涙をこらえて、「はい」と返事をした。心の中で百万回くらい「ありがとうございます」と繰り返した。

　それからの日々は、まさに夢のようだった。

着心地のいい衣服と栄養バランスが考えられた温かい食事、ゆっくり浸《つ》かれるきれいな風呂、清潔な寝具。優輝は不遇の二年間を埋めて余り有るほど大切にされ、充実した生活を送ることができた。

学校は予定通りに私立大学付属中学に転校。後に親友となる安井《やすい》遼太郎《りょうたろう》に出会えた。

泰成は多忙らしく土日もスーツで出かけることが多かったが、毎晩きちんと家に帰ってきた。

泰成が帰宅すると優輝は玄関へ駆けて行き、「おかえりなさい」と出迎える。

「お仕事、ご苦労さまです」

大恩ある泰成を労《ねぎら》うことは優輝にとって当然で、照雄に代わって自主的にはじめたことだ。最初、泰成は面食らっていたようだが、それを禁じられることはなかった。「ただいま」と滲《にじ》むような笑みで応えられると、優輝はいつも胸がいっぱいになった。

「今日の学校はどうだった？」

決まってそう聞かれた。中学生の子供を相手に、なにをどう話していいかわからなくてそう言うしかなかったのだろうと、何年かたったあとに気づいた。

「今日はどこからか猫が校舎に入りこんできて、一騒動になりました」

「野良猫か？」

「いえ、首輪をしていました。連絡先が書かれたタグが首輪にぶら下がっていたので、先生が保護して飼い主に知らせたそうです。体毛がすごくふわふわしていて、可愛かったです」

「猫か……。ほしくなった？　うちには動物がなにもいないがペット禁止なわけじゃない。希望があれば検討するよ」

「……きちんと世話をできる自信がないので、いまはいいです」

猫はとても可愛かったし飼ってみたいとも思ったけれど、自分自身が居候の身だし、いきものを飼う自信がないのは本当だ。優輝がそう返答すると、泰成が笑顔になる。

「良かった。動物は嫌いじゃないが、ペットが来たら優輝君はそっちにかかりきりになってしまいそうで、そうなったら私は寂しく思うところだった。君が家で待っていて、「おかえりなさい」と出迎えてくれるとわかっているから、私は五分でも早く帰ろうと仕事の能率を考えるし、家に帰るのが楽しみなんだ」

さらっとそんな言葉のプレゼントをもらい、優輝はなにも言えなくなるくらいに胸どころか体が幸福感でいっぱいになった。

「ああでも、可愛い猫や小型犬を膝に抱っこして微笑んでいる優輝君もきっとものすごく可愛いんだろうな」

「な、なにを言っているんですか」

ごく平凡な男子中学生でしかない優輝に、泰成は「可愛い」とよく口にする。きっと体格が貧弱なせいで小学生くらいにしか見えないのだろうとわかっていても、言われ慣れていないので戸惑ってしまう。

「二人とも夕食の支度が整いましたよ」

照雄に声をかけられて、立ち話が長くなっていたことに気づいた。

泰成と優輝、照雄の三人で食卓を囲むのは楽しかった。

「その安井君というのは、強いのか？」

遼太郎の活躍を話すと、泰成は興味深そうに聞いてきた。

「強いですよ。でも柔道部の監督に言わせると、闘争心が足らないんだそうです。だからいざというときに、対戦相手の気迫に負けてしまうって。遼太郎はすごく優しい男なんです」

「なるほど、一度会ってみたいな」

「んー……どうですかね。遼太郎は授業の時間以外はほぼ道場だし」

それでも、どうしても顔を見てみたいと泰成が言うので、優輝は携帯電話で撮影した遼太郎を見せた。この携帯電話も泰成が買い与えてくれたもので、最新機種だ。それまで携帯電話というものを持ったことがなかったので使い方がまったくわからず、遼太郎とその彼女の香織《かおり》にずいぶんとレクチャーを受けた。

「すごいな。これで中学生か？」

泰成が驚くのも無理はない。遼太郎は中学生にしてすでに身長が百八十センチあり、体重は九十キロもあった。おまけに坊主頭で子供っぽくない顔をしているので、小柄で童顔の優輝と並ぶと、ほとんど成人男性と小学生にしか見えなかった。

「……彼女がいるのか、これで」

「こっちが香織ちゃんです」

香織の写真も見せた。泰成に隠すものなどなにもない。むしろ、全幅の信頼を置いている泰成にはすべてを知っておいてもらいたい気持ちが強かった。

「背後に写っているのが体育館か？」

「武道場です。中はふたつに区切られていて、畳敷きの柔道場と板張りの剣道場になっています。体育館はこっちで――」

「教室はどんな感じなんだ？」

「教室ですか？　写真を撮っていないので……。明日、撮ってきましょうか」

「泰成さん、そんなに優輝君の学校生活に興味があるなら、授業参観に行かれたらどうですか。一学期に一回はかならずあるそうですよ。二学期の参観日は過ぎてしまいましたが、三学期があります」

照雄の提案に、泰成が頷いた。授業参観に身内の者が来てくれるなんて、両親が生きていたころが最後だ。

「来てくれるんですか？」

「都合がつけば行けるだろう。いまからスケジュールを調整すれば――って、どうした？　優輝君？」

嬉《うれ》しすぎてうっかり涙ぐんでしまったら、泰成がおおいに慌てた。慌てたあまり、湯飲みを倒して食卓がお茶浸しになる。照雄が素早く台拭きで拭った。

「なんだ、どうした？　授業参観に行ってはいけないのか？」

「いいえ、ちがいます。まさか、来てくれるなんて思っていなくて、嬉しくて……」

「……そうか」

「すみません」

優輝は中座し、洗面所で顔を洗ってからダイニングに戻った。泰成は照雄が新しく淹《い》れたお茶を飲んでいた。

「大丈夫か？」

はい、と頷いて微笑んでみせると、泰成が視線を泳がせる。

「その、授業参観には、行ってもいいんだな？」

「ぜひ来てください」

「わかった」

泰成は重大な決断を下したような重々しさで頷いていた。

三学期の授業参観日、泰成は約束通りに来てくれた。他の保護者の中で断トツに若く、どの父親と比べてもハンサムだった。女子生徒が色めき立ち、母親たちが頬《ほお》を染める。優輝は誇らしくて、そして嬉しくて、こっそりとまた泣いた。

泰成のために役に立ちたい、なにかしたい。その思いから、親戚の家では無理やりやらされていた家事を、高羽家では率先して手伝った。

学校の授業が終わるとまっすぐ帰り、照雄とともに台所に立つ。まともな和食の作り方と泰成の好みの味付けを、照雄からひとつずつ教わった。

炊事以外には、洗濯のやり方とアイロンのかけ方、スーツの手入れの方法、革靴の磨き方も覚えた。優輝は物覚えがいい方らしく、すぐに照雄に及第点をもらえるくらいになり、居候から照雄の補佐にちょっぴり昇進できたような気がして嬉しかった。しかし泰成が、「君に家事をさせるために引き取ったわけじゃない」と苦々しげに言ったことがあった。

「部活動をはじめたり、友達と寄り道をして遊んできたりしていいんだよ」

「……迷惑でしたか……」

優輝がしょんぼりと項垂《うなだ》れると、泰成が「そういうわけじゃない」と動揺した声を出す。

「泰成さん、優輝君は本当にやりたくてやっているんですよ。いいじゃないですか、いまどきの男は最低限の家事くらいできなくてはいけませんから」

照雄がそんなふうに援護してくれて、泰成は渋々ながら優輝の気が済むまでなら、という条件を出して許してくれた。気が済む時は、なかなか訪れそうにない。

優輝は泰成の次に、照雄のことも尊敬している。照雄は家事全般が得意で、物知りだった。いつも冷静で柔和な空気を崩さない。旅館の元従業員としか聞いていなかったが、全体に目が行き届き、優輝への指示も簡潔で適切なことから、トップに近い管理職だったのではないかと思った。

親しくなるうちに、照雄が天涯孤独であることを知った。最愛の妻が五十代で病死し、失意の中で旅館を辞めた。子供がいなかったため、寂しく一人で暮らしていたところに、泰成から連絡が来たそうだ。

「実家を出てからずっと賃貸マンション暮らしだったが、家を買うことにした。私は仕事で忙しい。家のこと一切を任せられる人を探している。再就職するつもりがあるなら、来てくれないか」

泰成のことは幼児期からよく知っていた。長男が跡継ぎとして残り、次男の泰成が高羽グループのホテル部門で頭角を現しはじめていることは聞いていたが、青年実業家として業界で注目を浴びるほどまでに成長していること、実家をすでに出ていたことは耳に入れていなかった。

すべてにおいてやる気をなくしていた照雄だが、泰成の誘いに乗ることにした。もう接客業に戻るつもりはなかったけれど、泰成一人に仕えるのならできるだろう。いまの自分にとって、家一軒くらいの管理がちょうどいいかもしれないと思ったそうだ。

「優輝君が来てくれて、あらたな張り合いができました。私も泰成さんも、この生活の変化を歓迎していますよ」

そう言ってもらえて、高羽家に来てから涙腺が弱くなっていた優輝は泣きそうになった。

頭の隅に引っかかっていたのは、独身でまだ若い泰成が、どうして優輝を引き取ってくれたのか、ということだった。それを知ったのは、高羽家に来て半年ほどたったころ。家事手伝いをしながら春休みを過ごしていたときだった。

ある日曜日、泰成の秘書である内田が訪ねてきた。泰成は実家の旅館を継いでいる兄に誘われてゴルフに出かけていた。ビジネス絡みのゴルフではないので、内田は完全に休日だという。スーツ以外の服を着た内田を、はじめて見た。

「お邪魔します」

いつもグレー系のスーツを身につけ、泰成の影のようにひっそりと立っているイメージの内田が意外とおしゃれだと知って、優輝は軽く衝撃を受けた。白いニットに春らしいライトベージュのロングコートが似合っている。髪も見慣れた七三分けではなく遊び心のあるスタイルにセットしてある。とても若々しくて、五十歳を過ぎているようには見えなかった。

「いらっしゃい」

照雄に迎え入れられて内田が柔らかな笑みを浮かべた。これもはじめて見る笑顔だった。

内田は旅館の従業員だったころ照雄の直属の部下で、仕事のイロハを仕込まれたという。接客業の先輩としても人間としても尊敬し、非常に親しくしていた上司が突然退職して呆然としていたところに、泰成があたらしい秘書を探していると小耳に挟み、転職したらしい。

「いえ、それは表向きの事情です」

照雄の説明を、内田があっさりと否定する。

「あのとき、私は高羽旅館をクビになる寸前でした。独り身ですから多少は路頭に迷うことになってもたいしたことはないと構えていたんですが、照雄さんがそんな私を心配してくれて、社長に口をきいてくれたんです」

あまりにもサラッと語るから、うっかり聞き流してしまうところだった。

「クビ、ですか？」

「ええ、痴情のもつれでちょっとした騒ぎを起こしてしまいまして」

「刃傷《にんじょう》沙汰をちょっとした騒ぎとは言わないぞ」

ため息まじりに照雄がこぼすと、「そうですね」と他人事のように内田が頷く。

「私は据え膳を食うタイプです。それでいつの間にか複数人とお付き合いをしている状態になったりして――」

「え？」

「おいこら内田、子供に聞かせる話じゃないだろう」

「これも勉強ですよ。優輝君、いいですか、大人はいろいろと事情がありまして」

目を白黒させている優輝が面白かったようで、照雄が怒りはじめるまで内田は過去のアレコレを話してくれた。

要約すると、勤めていた旅館内で複数の仲居の女性とそういう関係になり、嫉妬に駆られた女性が刃物を持ち出して騒いだことが問題視され、内田は解雇されるところだったらしい。

「いい加減、ひとつところに落ち着いたらどうだ」

照雄の苦言に、内田は「難しいですね」と苦笑いする。

優輝はそこで席を立った。二人きりになるのは久しぶりのようだし、自分は邪魔だろうと思ったのだ。三階の自室に行き、優輝はしばらく勉強をしたり、読書をしたりして過ごした。トイレは各階にあるので二人がいる一階まで降りる必要はない。

「あ、そうだ、明日は燃えるゴミの日だった」

思いついたときに動かないと、こうした些細《ささい》なことは忘れてしまいがちだ。優輝は部屋のゴミ箱を持って一階に降りた。リビングからぼそぼそと話し声が漏れていたが、近づかないようにして裏口へ向かう。

裏口にはいくつも大きなゴミ箱が並んでいて、分別できるようになっている。そこで自分のゴミ箱を空にして、ついでに台所で飲み物をもらっていこうと足を向けた。

「優輝君はずいぶんと健康的になりましたね」

台所から内田の声が聞こえて足を止めた。ちらりと覗き見してみたら、照雄と二人で流し台に向かっている。おそらく使用した茶器を二人で洗っているのだろう。

「ここに来て半年くらいになりますか。照雄さんが頑張《がんば》ってご飯を食べさせたからでしょうね」

「そうだな」

照雄が笑いながら応える。自分のことが話されているからか、入って行くタイミングがわからない。その結果、立ち聞きのようになってしまった。

「おまえが優輝君を引き取ってはどうかと提案したときは、心底驚いたが……まあ、よかったよ。泰成さんも優輝君をとても可愛がっているし、私も孫ができたようで毎日が楽しい」

「こんなにうまくいくとは、私自身も思っていませんでしたけど、あのころは本当に社長が参っていたので。適当な相手で手を打つ、という選択ができない社長は、わりと真面目な性格ですよね。学生時代までは、けっこう遊んでいたと聞きましたが」

「まあ、何人かとお付き合いはしていたよ。だが結婚となると、別だろう」

「それは私もわかります」

「だったら適当な相手で手を打つなんて言うな」

「すみません……」

　照雄が水道を止め、洗った食器を内田が布巾で拭きはじめる。

「当時、たしか一日に平均五件は縁談が来ていたな。泰成さんは断るのも一苦労という感じだった。そのうち家の電話も鳴りまくるようになって、その対応が大変で、私の方も家事が滞るほどだった。まったく、泰成さんに経営の才があるとわかったとたんに結婚を急《せ》かすなんて、高羽家の本家筋の人たちの考えることというのは……」

「下は十三歳の中学生から、上は四十五歳のバツイチまでいましたからね。十三歳なんて犯罪ですよ。馬鹿なんですかね。四十五歳のバツイチ女性が悪いわけではないですが、社長はそのとき三十歳です。恋愛した結果、その女性と結婚に至るならまだしも、お見合いでそれはないでしょう。血筋だけで選んだせいで、そうなってしまったんでしょうが、私は心から社長に同情しました」

　優輝がこの家に来る前、泰成がそんなことになっていたなんて初耳だった。つまり、ホテル部門で結果を出した三十歳独身の泰成を、いい条件で結婚させようと高羽家の本家筋——つまり実家とそれに近い人たちが画策したということだろう。

「身寄りのない遠縁の男子中学生を引き取るという荒技は、効果的でしたね。表向きは美談で通りますし。予想通り、コブ付きとなった社長に縁談を持ちこむのはちょっと……という雰囲気になりました。乗り気だった当事者の女性たちも二の足を踏む、社長は仕事に集中できる、私も照雄さんもわずらわしい電話や面会から解放される、優輝君は劣悪な環境から救われる、一石二鳥どころか、三鳥か四鳥くらいの結果が出て、私は社長にずいぶんと褒《ほ》められましたよ」

内田が得意げに話し、照雄が「うんうん」と相槌《あいづち》を打つ。

優輝はそっとその場を離れた。足音を立てないように階段を上がり、自分の部屋に入る。手に持っていたゴミ箱を置き、ベッドに腰掛けた。ひとつ息をつき、「そうだったのか」と呟いた。

自分がなぜここに引き取られたのか、やっとわかった。泰成に持ちこまれる縁談を避けるための駒《こま》として利用されたのだ。

不思議なことに、ショックは受けなかった。むしろ、理由がわかってホッとした。泰成はただの慈善家ではなく、ちゃんと打算があった。その方が優輝は納得できた。

たぶん泰成は結婚する気がないのだ。仕事を生き甲斐《がい》にするタイプなのかもしれない。

優輝がここで幸せに過ごし、照雄も含めてみんなで家族のようになればなるほど、きっと泰成の縁談は来なくなるはず。

「よし、頑張って幸せになろう。もうじゅうぶん幸せなんだけど」

泰成のためによりいっそう照雄の家事を手伝い、勉学に励もうと、あらためて誓った優輝だった。

それからしばらくは穏やかな日々が続いた。優輝は高校でも優等生で、頼まれて生徒会の役員を引き受けた以外は部活動もせず、まっすぐ帰宅する。照雄の手伝いをしながら泰成の帰宅を待ち、泰成が帰ってきてから三人で夕食を取った。食後はリビングで一緒にスポーツ中継を見たり、ときどき映画鑑賞をしたりした。

休日は泰成に誘われて外食することもあった。優輝に服を買うことを、泰成は趣味のひとつに加えたようだった。メンズのセレクトショップで全身をコーディネートしてもらい、そのまま着て出かけるという荒技をはじめて経験させられたとき、優輝は合計金額を頭の中で計算して腰を抜かしそうになった。泰成がとてもご機嫌だったのでなにも言えず、それを何度か繰り返すうちに諦めた。泰成が喜んでくれるなら、着せ替え人形の真似くらい受け入れよう。むしろ楽しむくらいになろう、と。

二人きりでいると、泰成は優輝だけを見てくれて、優輝だけに笑顔を向けてくれる。

会社ではきっと従業員みんなの社長なのだろう。でもプライベートで二人きりのときは、優輝だけのものでいてくれた。その幸せは、不幸だった二年間の傷をまたたく間に癒し、潤わせ、優輝の光となった。

そんな生活の中で、たぶんゆっくりと優輝の心は変化していたにちがいない。自覚がないままに、優輝は泰成を特別な存在にしていた。

十七歳を過ぎたころだった。遅めに帰宅した泰成からいつものようにスーツの上着を受け取ったとき、ほのかに甘い香水が漂った。はじめて嗅ぐ匂いで、泰成が好むウッド系のものではない。これは女性用かもしれない、と気づいたと同時に、胸の奥が重苦しくなった。

　部屋着に替えている泰成の後ろ姿を振り返り、「だれと会っていたんですか」と言いそうになって口を噤《つぐ》んだ。泰成がだれとなにをしていたとしても、優輝には関係ない。優輝に口出しをする権利はなかった。

　もしかしたら女性がいる店に、ビジネス上の付き合いで行っただけかもしれない。いままで香水の移り香がなかったことの方が、おかしかったのかもしれなかった。泰成は持ちこまれる縁談を避けるために優輝を引き取ったけれど、ごく普通の健康な男だ。ただ結婚したくないだけで、女性と付き合っていても、なんら不思議はない。

　優輝はもやもやとした気持ちをぐっと腹の底に押しこんで、スーツに消臭スプレーをかけた。

　それから数日間、優輝のもやもやは晴れなかった。泰成が帰宅するといままでよりも念入りにスーツの手入れをするようになったが、その変化に泰成も照雄も気づいていないようだった。香水は、たまに匂った。おなじ匂いのときもあれば、まったくちがうこともある。複数人と付き合っているのか、それとも女性が接待してくれる店に行っているのか、問い質《ただ》す勇気はなかった。

　ある夜、泰成が入浴中と知らずに、うっかり洗面所に入ってしまった。脱衣所との仕切りなどない。タイミング悪く、ちょうど風呂場から出てきた泰成と鉢合わせしてしまい、優輝ははじめて彼の全裸を見た。愕然《がくぜん》となり硬直したのは一瞬だけだ。しかし、その一瞬ですべてが目に焼き付いた。

「すみません！」

泰成がなにか言う前に洗面所を飛び出し、三階の自室に駆けこむ。階段を駆け上がったせいだけではない心臓の暴れ具合に、優輝は頭を抱えた。香水の移り香であれほどもやもやしていた理由が、わかった。泰成の裸を見た優輝の股間は、痛いほどに張り詰めていたからだ。

男性美に満ちた、美しい体だった。手足がすらりと長く、無駄な贅肉《ぜいにく》は一切ない、しなやかな筋肉に覆われた肢体。しっとりと濡《ぬ》れて、輝くようだった。股間の茂みは頭髪とおなじく黒々としていて、立派なサイズのペニスがぶら下がっていた。あれで平常時ならば、勃起したときはどれほどの偉容になるのだろう。

「いや、ダメだ、なに考えてる？　泰成さんの、そんなこと……」

余計なことを考えてはいけないと思えば思うほど、優輝の頭の中はいやらしいことでいっぱいになった。そしてますます自分の股間が熱くなる。痛いほどに勃起しているおのれの股間を両手で押さえつけ、優輝は涙ぐんだ。

どうしようもなく、泰成を好きな自分に気づいた。

恩人で、憧憬の対象だった。泰成のような大人になりたい、泰成の役に立ちたい、泰成のためならなんでもしたい、そんなふうに思っていた。しかし、それだけではなかった。優輝はいつの間にか、彼を恋愛対象として好きになっていたのだ。

自分のセクシャリティがどこにあるのかなんて、考えたことがなかった。優輝はいままでだれのことも好きになったことがなかったからだ。はじめて恋愛感情を抱いたのが、泰成だった。

　こんなかたちで自覚するなんて、鈍いにもほどがある。
たぶんもともと晩熟なのだ。そのうえで、十二歳で両親を亡くし、生活が激変したせいで恋愛どころではなかった。十七歳にして初恋を自覚したことになる。そしてその相手は、現在の保護者である大人の男性だ。

　遅い初恋に困惑した優輝だが、一般的な男子高校生として性の知識は持っている。学校でＬＧＢＴについて学ぶ授業もあった。世の中にはいろいろな愛の形があることを知っている。
けれど、泰成の恋愛対象が同性だという話はまったく聞かない。女性用香水の移り香があることからも、ゲイである可能性は低いだろう。自覚してすぐの失恋。望みはない。そもそも、成就《じょうじゅ》を望むなんて、そんな恐れ多いことはしない。

　優輝は、ほんのすこし泣いただけで、すべてを飲みこむことにした。じっとしていたら体の熱はおさまり、精神的にも落ち着いた。鏡で目が赤くなっていないかチェックしたあと、部屋を出た。

　泰成はパジャマ姿でリビングにいた。炭酸水を飲みながら、夜のニュースを見ている。

「泰成さん、さっきは確認せずにドアを開けてしまって、ごめんなさい」

冷静に謝ることができた。泰成は苦笑して、「男同士なんだから、べつに謝らなくていいよ」と言ってくれた。優輝にとっては大事件だったが、やはり泰成にはたいした出来事ではなかったらしい。

　一抹の寂しさを抱《いだ》きながらも穏やかな気持ちで、優輝は泰成の隣に座った。風呂上がりの泰成をとりまく空気から、ほんのりと体温を感じる。それを愛《いと》おしく思いながら、優輝はそっと目を閉じた。

こんなふうに家族の端くれとして隣に座らせてもらえるだけで、じゅうぶんだ。はじめて抱いた恋心は、大切にしまっておこう——。そんなふうに思った。

幸いなことに、泰成は恋愛の機微に聡《さと》い方ではなく、いままで通りに振る舞おうとしている優輝の下手な演技に騙されてくれているようだった。なにも気づかない泰成の鈍さに感謝するときもあれば、逆に苛立《いらだ》つときもある。

泰成の帰宅が早かった日の夕食後、リビングで洋画のＤＶＤを鑑賞していたとき、ソファに並んで座っている泰成がいつの間にか眠っていたことがあった。

疲れているのに優輝に付き合ってＤＶＤを観ようとしてくれた泰成に、愛しさが募る。しばらくそっとしておこうと、音声のボリュームを下げてそのまま見続けていたら、不意に泰成の上体がぐらりと揺らいだ。優輝の方に傾いてきたと思ったら、膝に頭を乗せた体勢で落ち着いてしまう。いわゆる、膝枕状態だ。

とんでもないサプライズ。優輝はガチガチに緊張して、まったく身動きできない。

優輝の膝の高さがちょうど良かったのか、泰成は起きる気配がない。規則正しい寝息は乱れることなく続いている。優輝は息を殺して泰成の寝顔を見下ろした。整った横顔は無防備で、唇がうっすらと開いているところが可愛いと思ってしまう。ここぞとばかりに優輝は泰成の顔に見入った。

（やっぱり、大好き……）

そろりと指を伸ばして、泰成の髪に触れてみた。それだけでドキドキして、全身に幸福感が巡って

いく。

警戒心や遠慮があったら、こんなことはしないはず。優輝に心を許しているからこその態度だとわかる。嬉しいけれど切ない。泰成にとって自分は養い子でしかないと現実を突きつけられた。でもこれ以上の幸せを求めるのは贅沢というもので——。

優輝にも忘れ去られていたつけっぱなしの洋画が、いつしか終わっていた。

「そろそろ映画は終わりましたか。お風呂の用意ができましたよ」

照雄がリビングに顔を出し、声をかけてきた。

「おやおや、泰成さん、寝てしまっていたんですか」

「ん？」

照雄の声に反応し、泰成がもぞりと動く。優輝の膝を借りていたことを知り、目を丸くした。きょろきょろしたあと、慌てて体を起こす。膝が軽くなってはじめて、優輝は足が痺《しび》れていることに気づいた。時計を見ると、かれこれ小一時間は人間の頭を乗せていたことになる。

「ごめん、優輝。重かっただろう。起こしてくれればよかったのに」

「あまりにも気持ちよさそうに寝ていたので」

優輝の笑みに、照雄が呆《あき》れたような表情になる。

「優輝君は泰成さんに寛容すぎるところがあるから……。泰成さんも、優輝君に甘えすぎですよ」

ズバリと言われて泰成が拗《す》ねたような顔になった。三十歳をとうに過ぎた企業の経営者がするような表情ではないが、優輝にはとても可愛く見えてしまう。

「さあ、順番にお風呂に入ってください。明日も平日です。ちょっと遅い時間になってきましたよ」

「優輝、先にどうぞ」

「いえ、泰成さんが先に」

「いやいや、膝枕で迷惑をかけたから――」

「もしかして優輝君、足が痺れて立てませんか？」

照雄は泰成よりもずっと聡い。優輝の足の具合を見抜いて、平静を装っていたのに暴露されてしまった。ちょうど足に痛みが広がっていた段階だったので、泰成に真剣な顔で「大丈夫か？」と膝に触られ、悲鳴を上げそうになった。

「立てないなら、私が風呂場に運んであげようか」

横抱きにしようとする泰成に、必死で「触らないで、いまは放っておいてください」と拒み、「遠慮するな」とさらに迫ってこられて一悶着《ひともんちゃく》。それを傍《はた》から苦笑いで眺めている照雄。

そのうちおかしくなってきて、三人で声をたてて笑ってしまった。

ささやかな幸せ。こんな日常がずっと続いてくれればいい。それが優輝の唯一の望みだった。

◇

泰成は仕事中、何度か私用の携帯電話を見る。五年前までは、そんな習慣はなかった。遠縁の子供を引き取ってからの、あたらしい習慣になっている。

できれば三十分に一回は携帯電話をチェックして、メールが届いていないか、着信履歴は残っていないか、確かめたい。我慢して一時間に一回にしている。

車の移動中はチェックに使える時間としては最適で、泰成は後部座席に腰を下ろしてすぐにスーツの内ポケットから携帯電話を取り出した。秘書の内田が運転席に座り、発車したときにはもうメールを見ていた。

『予定通りに授業が終わりました。これから遼太郎と一緒にちょっとだけ書店に寄り道して、帰ります。今日は体育の授業があって、久しぶりにバスケをしました。明日は筋肉痛かもしれません』

筋肉痛に苦しむ優輝が容易に想像できて、泰成は密かに笑った。

言われてみればたしかに優輝には久々の運動だっただろう。自主的に運動する生活をしていないので、高校の体育の授業が最後だったはずだ。たぶん二月頃。約二ヶ月もなにもしていないことになる。

（俺が入会しているスポーツジムに誘おうかな……）

入会資格がいろいろと面倒くさいジムだが、その分設備が充実していてインストラクターの質も高い。すでに会員になっている泰成の家族ならば、優輝の入会は容易《たやす》いだろう。

優輝は運動部に所属した経験がない。どのくらいスポーツができるのだろうか。知りたい気持ちがある。週に二度ほどジムに通うように仕向け、体力をつけさせることができたなら、そのうちテニスとかゴルフとかを誘ってみようか。二人でいっしょにできることが増えたら、きっと楽しい――と、泰成の夢が膨らむ。

（いや、ちょっと待てよ。優輝があのジムに行ったらどうなる？）

入会資格にうるさいスポーツジムは、いわゆる富裕層が多く会員になっている。金と時間がある会員たちの中には、モラルが低い者もいた。会社を経営している年配の女性が、いかにもホストっぽい若い男を連れてバイクをこいでいる光景を見たことがあるし、肌を黒く焼いた壮年の男が体育大学を出たばかりの若いインストラクターにセクハラめいたボディタッチを仕掛けているところを目撃したこともある。

（ダメだ。優輝は入会させられない。オオカミの巣に子羊を放りこむようなものだ！）

優輝のように若くて可愛い大学生が通うようになったら、きっと狙われる。泰成が保護者だと目を光らせていても、享楽的なオオカミがそれで怯《ひる》むかどうかわからなかった。

（あの子を、危険な場所に出入りさせるわけにはいかない。あんなに可愛いんだから、絶対に目をつける奴《やつ》が出てくる）

泰成は携帯電話を操作して、優輝の写真を見た。買ってあげたばかりのスーツを着て、大学の門の前で微笑んでいる優輝。入学式のときの写真だ。撮影者は遼太郎。きれいに撮れている。

大学の入学式には行けなかった。どうしても外せない出張があって、どれだけ内田に懇願しても変更を許してくれなかったのだ。高校の卒業式にも行けなかった。前もってスケジュールを空けておいたにもかかわらず、急な用事が入った。泰成の会社が国内にいくつも所有しているホテルのひとつで、支配人による横領が発覚したのだ。なぜこのタイミングで発覚？　馬鹿なのか？　明日でもいいだろ、と泰成は心の中で件《くだん》の支配人に罵詈雑言《ばりぞうごん》を浴びせた。泣きながら卒業式を諦めて、関西にあるそのホテルに駆けつけた。

　そのときの写真も遼太郎に撮ってもらった。優輝の友人たちの中で、遼太郎がもっとも信頼が置ける男だと思っている。二度ほどしか会ったことはないが、素朴なスポーツ少年だ。気が優しくて力持ち、幼馴《おさなな》染《じ》みの彼女もいる。調査会社の報告書には、彼に関してネガティブなことはひとつも書かれていなかった。

（ああ、ひとつだけ。理系科目が苦手のようだ）

　理系科目の成績が、どれだけ努力しても平均以下らしい。唯一の弱点がそれだ。おかげで大学は優輝とおなじ文系を選択してくれてありがたかった。進学先の大学は文系と理系ではキャンパスがちがう。優輝と行動をともにしてくれているので、保護者としては安心だ。

（柔道はきっぱりやめてしまったようだが、彼は観光業には興味がないのかな）

　もし本人がよければ、自分の会社に入ってもらってもいい。現役選手を引退したとしても、彼は都大会で優勝できるほどの実力があるし、優輝が親友と称するくらいだから人柄は保証付きだ。頼もしい従業員になれるだろう。優輝ももちろん入社させて、いつまでも仲良くしてほしいと思っている。

「社長、もうすぐ到着します。その緩んだ顔をどうにかしてくださいよ」

運転席から内田がツケツケと言ってきた。ルームミラー越しに目が合う。泰成はムッとしてそっぽを向いた。優輝のことを考えているとき、自分がどれほど緊張感のない顔をしているか、もうじゅうぶん自覚している。いまさら秘書に注意されなくとも、車を降りればビジネスモードに切り替えられる。

最後にもう一度、はにかむ笑顔をこちらに向けている優輝の写真を見てから、携帯電話をポケットにしまった。

五年前、優輝を引き取ると決めたときは、まさかこんなにも夢中になるとは思ってもいなかった。次男だからと実家を出され、ホテル部門を任されることになったのは十年前、二十五歳のとき。まだいまほど外国人観光客が増えておらず、ホテル部門の業績は横ばい状態だった。

そもそも高羽家は旅館経営に主軸を置いていて、ホテル経営は邪道だと考えていた。

露天風呂と豪華な料理、きめ細かなサービスを昔ながらの常連客である富裕層に提供することこそが真っ当な仕事であり、温泉も畳もないホテルなど宿泊施設としては下に見ていたのだ。ホテル経営をはじめたのは大叔父だった。彼もまた次男として生まれており、海外の高級ホテルを参考にして新しい事業を立ち上げた。

バブルのころは順調に業績が伸びていたらしいが、景気が悪くなるにしたがって客足は落ち、設備も古くなっていき、やがて新規の客を取り込むことが難しくなっていった。そのホテル部門を、泰成が任されたのだ。

泰成は政府が観光事業を発展させようと考えていることを業界の重鎮から聞き、大胆なテコ入れをした。すべてのホテルの内装に手を入れて古臭さを一掃し、リーズナブルな価格ながら優雅なリゾート気分が楽しめる空間を演出した。かなりの資金を投入したせいで、泰成のやり方を疑問視する親戚もいたが、結果は数字を見ればあきらかだった。

全面リフォームは、観光ビザが緩和されて外国人観光客が増えはじめていた時期に間に合った。同業他社から一歩先んずることができ、ホテル部門の業績はＶ字回復。批判は賞賛に変わった。

泰成はとにかく自分の情報収集が正確だったことと読みが当たったことに満足し、つぎになにを仕掛けるかで頭がいっぱいになった。企業経営が楽しくて、仕事漬けの日々だった。プライベートなど必要ないとまで思っていたほどだ。二十代後半は毎日が充実していた。

自宅の管理は照雄に任せ、仕事では内田がスケジュール管理からちょっとした雑用までなんでもそつなくこなしてくれる。不満はひとつもなかった。ところが、邪魔をするものが現れた。実家の母をはじめとした近い親戚たちだった。

泰成に経営能力があると見て、もうひとつの利用価値に気づいたのだ。

政略結婚による高羽家の地位向上だ。歴史ある老舗旅館とはいえ、内情はあまり良くなかった。赤字は出ていなかったが、文化的価値が高い旅館の建物を維持するだけでも大変な苦労だったのだ。

泰成を高羽家にとって都合がいい家の娘と結婚させ、資金援助をしてもらう。同時に泰成を本家に呼び戻して、長男・大雅《たいが》の補佐をしてもらう。そう考えたのだろう。泰成のもとに、山ほど縁談が持ちこまれるようになった。

最初のころ、泰成は何人かの女性と会ってみた。しかし、ピンとくる人はいなかった。それもそうだ、相手は最初から泰成と愛し合うつもりはない。すべては打算だ。

泰成はしだいに疲れてきて、ますます仕事にのめり込むことになった。結婚に対してネガティブな感情はない。両親は恋愛の末に結婚していて、泰成が大学生のときに父親が病気で亡くなるまで、ずっと仲が良かった。兄の大雅は大学時代に知り合った女性と卒業後に結婚し、二人の子宝に恵まれている。現在は実家の敷地内に離れを建てて暮らしており、たまに呼び出されて会いに行くが、いつも穏やかな空気をまとっていて、幸せそうだ。

母親や兄を見てきたので、結婚がかならずしも人生の墓場ではないと知っている。しかし、打算で見合いをし、相性や生活スタイル、価値観など、いろいろと妥協しまくって結婚するのは、なにかがちがう、間違っているのではないか……としか思えなかった。

当分、結婚するつもりはないと実家に伝えたが、そんなことお構いなしにどんどん釣り書きと写真が送られてくる。

ほとほと困り果てていた泰成に、内田がひとつの提案をした。

『コブ付きになってみてはどうでしょうか』

身寄りのない子供を引き取ってみたらどうか、と言われて驚いた。

十歳を過ぎていれば身辺の自立はできているだろうから、それほど面倒を見なくていい、かならずしも養子縁組をする必要はない、同居がうまくいかなかったら寮付きの学校に転校してもらえばいい、大学卒業まで学費と生活費を出す意志があれば弁護士がうまくやってくれるだろう――。

そんな、ペットの動物ではないのだから、気軽に人間の子供を引き取ってはいけないだろう、と一度は反対した。けれど内田が候補としてリストにあげた子供の中に、優輝がいた。ほとんど血は繋がっていないが、姓は高羽で遠縁にあたる。二年前に両親を事故で亡くし、近い親戚中をたらい回しにされているらしい。おそらく心身に虐待を受けている……という事情が添えられていた。

ファイルされていたスナップ写真には、顔色の悪い痩せた中学生が写っている。整った顔立ちは俯きがちで、わずか十四歳にしてその目には諦観が満ちていた。

きゅっと心臓を摑《つか》まれたような感覚を覚えた。

品行方正で成績優秀らしいのに、中学を卒業して義務教育を終えたら就職して働くことを余儀なくされるのではないか、と内田に付け加えられて、泰成は決断した。

迎えに行った泰成に、優輝はぼんやりと生気のない目を向けてきた。今度はこの男の家に行くのか、という認識しかなかったようだ。特に事情を聞くこともなく、黙ってついてきた。酷《ひど》い境遇に耐えきれず、感情が死んでしまったのだろうかと危惧したが、自宅に連れて帰り、家の中を案内するにつれて目に輝きが戻ってきた。

「ここ、本当に僕がひとりで使ってもいいんですか？」

優輝のために購入した新品のベッドと学習机を入れた部屋に、素直に喜びをあらわす様子は微笑ましかった。照雄も好意的に受け止めてくれたようなので、ホッとした。

とはいえ、子供好きというわけでもないのに、いきなり中学生男子の保護者になり、自分はどう振る舞えばいいのかわからなくて、戸惑いは大きかった。

とりあえず、いままでの仕事三昧の生活を改めようと思った。内田にスケジュールを調整してもらい、できるだけ早く帰宅できるようにし、優輝と夕食を取るようにした。最近の中学生がどんなことに興味を持ち、どんな授業を受けているのかわからなくて、「今日は学校でなにをした？」と聞くばかり。けれど優輝はそれを厭《いと》うことなく、その日の出来事を語ってくれた。自分の話を聞いてくれる人がいる、それだけで嬉しいという優輝の気持ちが透けて見えて、可愛かった。

優輝は日に日に顔色が良くなっていき、口数が増えた。自主的に照雄の手伝いをし、本当の祖父と孫のように打ち解けていくのを、ちょっとばかり羨ましく思いながら横目で眺めた。自分はまだそこまで優輝と親しくなっていない。照雄に負けじと、泰成は二人きりの時間を作るべく休日に優輝を誘って外出するようになった。

そこで泰成はあらたな趣味を見つけた。優輝に服を買うことだ。彼は華奢《きゃしゃ》な体格をしているがスタイルは悪くない。頭が小さくて手足のバランスが良かった。なにを着せても似合ってしまい、選びきれなくて試着したすべての服の購入を決めると、優輝はたいてい慌てる。無駄遣いだと叱られ、いや似合っているのだからと言い合うのもまた楽しかった。

半年がたつころには、泰成は優輝に対して庇護《ひご》欲だけでなく父性のようなものを感じるようになっていた。引き取る前には想像もしていなかった心境の変化だ。それはビジネスにも良い影響を与えることになった。いままでより子連れ客へのサービスに意識を向けるようになっただけでなく、従業員の産休・育休取得を積極的にアナウンスした。おかげで従業員たちには受けがいい。従業員たちが気持ちよく仕事をしてくれれば、おのずと客が満足し、リピーターが増えて業績が伸びる。

すべて優輝のおかげだった。

夕食後、リビングで寛いでいると、優輝はたいていコーヒーを淹れてくれる。泰成の好みの味を研究したらしく、名バリスタ並みに美味いコーヒーを淹れられるようになっていた。

「すごく美味しいよ」

はにかんで笑う優輝を隣に促す。ちょこんと腰を下ろした優輝は、健康的な肌艶になっても華奢な体格はあまり変わっていない。身長はすこし伸びたようだ。まだ十代半ばなので、これからまだ大きくなるだろう。優輝の成長が楽しみでしかたがない。何気なくそう口にすると、「ここに引き取られて、とても幸せです」と優輝は言った。

「泰成さんには感謝しています。ありがとうございます。このご恩は一生忘れません。将来は、泰成さんの役に立てるような大人になりたいです」

目をキラキラさせながらそんな健気《けなげ》なことを言われたら、だれでも心にグッとくるものではないだろうか。その証拠に、台所の片づけを済ませてリビングに来ていた照雄が涙ぐんでいる。

「私に恩を感じたなら、真面目に勉学に励んで、友達と遊んで、学校生活を楽しみなさい。私に恩返しをしようとしなくてもいい。君が健全な生活を送り、それがありがたいことではなく当然のことで普通のことだと――いや、そうだとも意識しなくなることが、私の望みだ。私こそ、この家に来てくれてありがとうと言いたい」

泰成の嘘偽りない本心だった。優輝は目尻をわずかに濡らして、笑顔を見せてくれた。

（この子をなにものからも守ってあげたい。大人になるまで成長を見守っていってあげたい。俺が、この子を立派な大人の男にしてあげたい……）

正体不明の意欲というか、衝動というか、とにかく熱いなにかが腹の底からこみ上げてきて、泰成は優輝のスーパー保護者になることを天に誓った。

優輝のことはなんでも知っておきたくて、学校行事にこまめに顔を出すようにした。授業参観からはじまって、学園祭や音楽発表会、弁論大会なんかにも足を運んだ。

優輝が一番の友人だという遼太郎が出場する柔道大会にも行った。その日は時間がなくて遠目でしか観戦できなかったが、立派な体格をした坊主頭の選手の胴着に「安井」と縫い取りがあるのを見つける。学校からの応援団らしき集団の中に、真剣な顔で観戦している優輝も発見した。優輝は周囲の生徒たちと親しげに会話をし、試合結果に一喜一憂している。

中学生らしい生活を満喫している優輝の姿を確認し、泰成は声をかけることなくその場を離れた。

体育館の外で待っていた内田と合流し、優輝の笑顔を思い浮かべる。あの子の笑顔があれば、どんな困難にも立ち向かっていけそうな気がした。

「内田、俺は優輝がいれば無敵かもしれない」

「ああ、はいはい。それはようございましたね」

気のない返事にも腹が立たないほど、泰成は穏やかな広い心でふたたび仕事に向かうことができた。

あれから五年。優輝は大学生になった。

少年期を過ぎ、大人への階段をのぼりはじめたのだろう。最近の優輝は、内面から滲み出るような柔らかな光を放ち、もともと備えていた気品ある佇《たたず》まいを、さらに極めているような感じだ。

（……自分でなにを言っているかわからなくなってきたが……）

とにかく、神々しささえ感じるのだ。そばにいるだけで胸が躍り、この身が浄化されて清らかな存在になっていくような——。

（……ますますわからなくなってきたぞ）

一旦、落ち着こう。泰成は携帯電話でふたたび優輝の写真を見た。曇りのない清々《すがすが》しい笑顔が、まるで泰成に「お仕事頑張ってください」とでも言っているようではないか。

不意に手の中の携帯電話がブルブルと震えた。電話がかかってきたようだ。表示された名前に、泰成は一瞬、考える。いったい何の用だろう？　相手は高羽弥生《やよい》——母親だった。

「もしもし？」

『泰成？　私よ』

オレオレ詐欺のような言い方をしてくるのは、いつものことだ。

『元気なの？』

「すこぶる元気ですよ。お母さんも元気そうですね。なにか用ですか？」

『たまには顔を見せに帰ってきなさいよ。正月にチラッと立ち寄って以来、全然じゃないの』

「それは、すみません」

　ため息を飲みこんで、泰成は口先だけの謝罪をした。

　母親とは険悪というほど仲が悪いわけではないが、断っても断っても縁談を持ってきて辟易《へきえき》させられたころから、意識的に避けるようにしている。顔を見ると、どうしてもあのときの苛立ちがよみがえってくるからだ。それに、縁談避《よ》けとして引き取った優輝のことを、母親は「邪魔もの」としか思っていないフシがある。はっきりと言葉にしなくとも、優輝を実家に連れて行ったときに冷たい対応をされたことは忘れられない。

　優輝はあのときまだ中学生だった。それ以来、泰成は優輝を実家に連れて行っていない。

『ねえ、あの子は元気にしているの？　大学に入学したんでしょう？』

「優輝のことですか。元気で大学に通っていますよ。それが？」

　母親の方から優輝の話題を振ってきた。珍しいこともあるものだ。

『大きくなったでしょうね。今度、連れていらっしゃいよ。歓迎するわ』

「いきなりどうしたんですか」

『もう五年もあなたと暮らしているんですもの。きっといい子なのね。三輪《みわ》も気に入っているらしいじゃない。私は一度しか会っていないから、ゆっくり話をしてみたいと思っただけよ』

「……本当にそれだけですか」

『他になにがあるっていうの？　高羽旅館に一度泊まってもらって、ウチの良さをわかってもらいたいっていう気持ちもあるわ。それが私からのお詫びだと思ってくれない？』

　母親の口からはじめて詫びという言葉が出てきた。彼女のプライドが非常に高いことを知っている泰成としては、それが精一杯の謝罪なのだろうと理解できる。それに、高羽家が誇る歴史ある旅館に宿泊してもらって、その良さを実感してもらいたいという思いはわかった。

　泰成も高羽旅館を大切に思っている。父親の血筋が代々守ってきた旅館だ。父亡きあとは、母親が女将《おかみ》として踏ん張ってきた。そしていまは、兄夫婦が中心となり従業員たちを回し、母親も大女将として現役で働いている。

　泰成自身、ホテルの経営に心血を注いでいるけれど、日本の良さが詰まっている旅館の空気感は昔から変わらずに大好きだ。母親が本当に優輝を招きたいと思ってくれたのなら、いっしょに泊まるのは有りかもしれない。

「わかりました。一度、泊まりに行きましょう。優輝にはそれとなく母さんの気持ちを伝えておきます」

『ありがとう』

「そちらで会ったとき、優輝を笑顔で迎えてください」

『もちろん。当たり前じゃないの』

電話の向こうで弥生が朗らかに笑う。

『ゴールデンウィークを避けてくれれば、いつでも部屋を空けておくわよ。専用の露天風呂付きの離れがいいなら、押さえておくけど？』

高羽旅館には専用露天風呂付きの離れがいくつかある。そのどれもが、長い付き合いの上客でなければ泊まることはできない。そこを自分と優輝のために押さえてくれるらしい。

「それなら、連休明けの週末に、松の間がいいです」

『わかったわ。連休明けに松の間ね』

「詳しい日程は、後日、内田から連絡をさせます」

通話を切ってから、泰成は運転席の内田に事情を話した。

「泊まりがけで優輝と高羽旅館に行くことになった。連休明けの週末は特に予定は入っていなかったな？」

「いまのところ入ってはいませんが……大丈夫なんですか？　優輝君を高羽旅館に泊めても」

内田は、泰成の母親が優輝の存在を良く思っていなかったことを知っている。バックミラー越しに気遣わしげな視線を送ってきた。

「私は少々心配です」

「……五年前、優輝を引き取ることに母は大反対だった。だがもう五年たった。母の方から、詫びの気持ちをこめて離れを空けておくと言ってくれたんだ。自慢の高羽旅館を見てもらいたいとも言っていた。ここで行かなかったら、余計にこじれるだろう」

「それはまあ、そうですけど……私は心配です」

内田はため息をつきながら繰り返した。

もちろん泰成も母親を全面的に信用したわけではない。しかし和解の機会を潰してしまっては、進展もない。これですこしでも良い方向に向かってくれればいい。

「露天風呂か……」

五月半ばともなれば、旅館の庭は新緑が美しい。到着したらすぐに優輝を誘って、明るいうちに露天風呂で寛いでみようか。

「内田、もしかしたら優輝は露天風呂なんてはじめてかもしれない。喜ぶだろうか」

「それは喜ぶでしょうね」

「露天風呂で二人並んで深緑の庭を眺めたら、さぞかし気分がいいだろうな」

湯に浸かりながら木漏れ日を浴びて微笑む優輝を想像しただけで、わくわくしてくる。

「社長、露天風呂に優輝君といっしょに入るつもりですか？」

「もちろん、いっしょに入るさ」

「それは……やめておいた方が……」

「なぜだ？　ああ、優輝が恥ずかしがりそうだからか？　そういうことを気にする年頃かもしれないが、恥ずかしいのなんて最初だけだ。すぐに露天風呂の気持ち良さが勝つさ。うちの実家の風呂は、本当に絶品なんだから」

「それはもちろん、よく存じ上げていますとも」

優輝と二人で入る露天風呂。最初はちょっと恥ずかしそうに俯いていた優輝だが、やがて湯の中を控えめに移動し、泰成の近くに寄ってくるだろう。剝《む》き出しの肩が寒そうに見えたら、てのひらで湯をすくってかけてあげたい。きっと若い肌が湯を弾いて流れ落ちる。濡れた白い肌が陽光を反射してキラキラする様を、いつまででも見ていたい——。

(……いや、なにを考えているんだ、俺は)

ハッとして頭を左右に振る。優輝の入浴シーンを、微に入り細に入り想像してどうする。

(俺はただ、交流したいだけだ。そうだ、男同士だし、優輝ももう大人だし、裸の付き合いというものがあっても、いいだろう?)

ただの交流だ。それ以外の思いはない。断じてない。絶対にない。優輝があまりにも可愛くていい子だから、つい細かいことまで想像してしまっただけだ。

泰成が内心で動揺しているあいだに、乗っている車が減速して停車した。

「社長、着きました」

内田の声がけに、背筋を伸ばして深呼吸する。頭の中をカチッとビジネスモードに切り替えて、泰成は車を降りたのだった。

◇

優輝は後方へ流れていく景色を複雑な気分で眺めていた。泰成が運転する車の助手席に乗るのはとても久しぶりだ。行き先は、高羽旅館。泰成の実家だ。

「天気が良くて、よかったな。ちょっとしたドライブに最適な日だ」

「そうですね。とても気持ちいいです」

ゴールデンウィーク前に、「連休明けに、箱根の実家まで泊まりがけで行くからそのつもりでいるように」と言われたときは驚いた。聞けば、泰成の母親・弥生から電話があり、優輝もいっしょに招かれたという。

優輝が弥生に会ったのは、五年前の一度きり。泰成に引き取られて半年ほどがたったころ、泰成に連れられて箱根まで行った。はじめまして、と挨拶をした優輝に、弥生は冷たい一瞥《いちべつ》をくれただけだった。歓迎されていない。そのくらい、すぐにわかった。

弥生の態度は特に珍しいものではない。優輝にとって、むしろ馴染みがあるものだった。だから傷ついたりはしなかった。そういうものだ、と受け止めただけだ。

ところが、泰成が怒った。

「母さん、子供が礼儀正しく挨拶しているのに無視するんですか。まともな大人が取る態度とは思えませんよ」

自分の母親に対して面と向かって抗議してくれ、優輝はびっくりして唖然《あぜん》とした。けれど嬉しさがじわじわとこみ上げてきた。息子に苦言を呈されても弥生が態度を改めなかったので、泰成はすぐに優輝を連れて東京に戻った。泰成の兄にも挨拶する予定だったのに、その暇もなく。

「母には、二度と会わなくていい」

泰成の怒りは本物で、優輝は二度と弥生には会わなくていいことになった。

しかし、それでいいのかどうかずっと心に引っかかっていた。今回、弥生の方から招いてくれたと聞いて、不安と期待が入り交じっている。泰成の母親とは、本当は仲良くしたい。大好きな泰成を産み、育ててくれた人なのだ。泰成だって、いつまでも母親が優輝を敵対視する状況など望んでいないだろう。できれば親しく会話できるくらいになって、泰成を喜ばせたかった。

けれど弥生は本当に歓迎してくれるだろうか。単なる社交辞令で優輝を招いたのではないだろうか。実際に優輝が行ったら、弥生は嫌がるのではないか——。ぐるぐると考えてしまっている。

泰成と二人で外泊は嬉しいのだが。

はじめての露天風呂付きの離れに泊まれるのだ。それ自体はとても楽しみだ。いったいどんな部屋だろう。泰成と二人の旅行はいつも高級ホテルのスイートルームで、ベッドルームは別にして寝泊まりしていた。今回はきっと一部屋で眠ることになるのだろう。想像するだけでドキドキしてくる。

ただ、弥生以外に懸念していることがひとつある。

（露天風呂にいっしょに入ろうなんて言われたら、どうすればいい？）

冷静でいられるだろうか。恋心がバレないように最後まで振る舞えるかどうか自信がない。だからといって今回の箱根行きを断ることなど考えられなかった。いつどんなときでも泰成のそばにいたいのだから。

「どうした、優輝？　急に黙って。車に酔ったのか？」

「ううん、大丈夫です。えっ…と、考えごとをしていて。僕も車の運転免許を取りたいなって」

ただの思いつきで口にしたが、名案だとその気になった。優輝が免許を取れば、車で遠出をしたときに泰成と交代で運転ができる。負担が半分に減るし、泰成が酒を飲んだときにも、優輝がハンドルを握ればまったく問題はない。

「車の免許か……」

だが泰成が渋い顔をした。即座に「それはいい」と賛成してくれると思っただけに、意外だった。

「あの、いけませんか？」

「いや、いけなくはないが……」

「教習所の授業料は自分で出します。泰成さんにこれ以上の負担はお願いしませんから」

生活費と学費のすべてを泰成に頼っている優輝だ。金銭的なことで泰成が賛成してくれないとは思えないが、そう提案してみた。

「自分で出す？　どこから出すと言うんだ？」

「免許はすぐに必要というわけではないですから、これからアルバイトをしてすこしずつ貯《た》めていけば――」

「アルバイトをするつもりなのか？」

　驚いた顔で振り向かれ、優輝は慌てて「前を見てください」と注意を促した。車の運転中だったことを一瞬でも失念するなんて、泰成らしくない。それほど驚愕させるようなことを、自分は言ったのだろうか。

「……アルバイトは、ダメですか？」

「必要ないだろう。教習所に通うことになったら私が出すし、小遣いが足らないなら増額する。君は勉学に励むだけでいい。私の家に来る前に、優輝は散々苦労したんだ。わざわざ自分から進んで苦労することはない」

「苦労って……たった二年間のことですよ。そのあと五年も、僕は泰成さんの家で良くしてもらっています」

「その二年間の苦労は、本来ならしなくてもいい苦労なんだ。私は君に、子供らしい暮らしを提供したいと思って、引き取った。やっと大学生になったんだから、どこかのサークルに入って活動してもいいんだぞ？　もちろん、その……どんなサークルに入ったのか、どんな学生がいるのか、報告してほしいとは思うが」

　アルバイトを許可されなかったことが、優輝は少なからずショックだった。高校時代は校則で禁止されていたから（それでもこっそりと短期バイトで稼ぐ同級生はいたけれど）わざわざ規則を破ってまで働く気はなかった。

　しかし大学生になれば、ほとんどの学生がアルバイトで小遣いを稼いでいる。遼太郎もしかり。

　優輝は入学直後は慣れない通学や広いキャンパスに戸惑うことがあるだろうから、しばらくして落ち着いたら、遅くとも夏休み前あたりにはなにか探して、ちょっとだけ働きたいなと考えていた。もちろん照雄の手伝いに差し支えがない範囲でだ。

（……ダメって言われるなんて、思ってもいなかったな……。それって、僕が頼りないからだろうか。社会で働けるようには見えないとか？　たしかに、僕は泰成さんに比べたらまだまだ子供だけど、なにかできることがあるんじゃないかって……）

　二人が乗る車は高速道路を降りて、一般道に入っていた。車が赤信号で停車する。目の前の横断歩道を渡っていく人たちを、優輝はぼんやりと眺めた。

「優輝、優輝、怒ったのか？」

　黙りこんでしまったせいか、泰成が横から顔を覗きこむようにして身を乗り出してきた。

「え？　怒ってなんかいません」

「そうか？　私は君がやりたいと思うことをすべて否定するつもりはないんだ。その点は理解してほしい。車の免許が取りたいなら、教習所に通ってもいいぞ。ただし君専用の車は買わない」

「そんなの……買ってもらおうなんて思っていません」

「運転するのは私といっしょにいるときだけだと約束してくれるか？」

「はい、約束します」

「ならばいい。教習所の送迎は――」

「自力で通うので大丈夫です」

「……そうか……」

信号が赤になったので、泰成が車を動かした。その横顔をちらりと盗み見たら、口がもごもごと動いている。なにかもっと優輝に言いたいことがあるのかもしれない。本音では、運転免許の取得に反対なのだろう。それもやはり、優輝が頼りないせいかもしれない。

泰成の中では、優輝は五年前の子供のままなのだ、きっと。

痩せて、顔色が悪くて、体中に殴打の痕《あと》をつけて、怯《おび》えたようにいつも背中を丸めている中学生。

泰成はそんな優輝に同情して引き取ってくれた。もうすっかり健康体で、ごく自然に笑えるようになって、学校でも優等生だった。けれど泰成には、たぶんまだ足らないのだ。初対面での印象はそれだけ強烈で、払拭《ふっしょく》させるにはもっと時間と実績が必要なのかもしれない。

（二十歳になったら……それか大学を卒業して社会人になったら、泰成さんは僕を一人の人間として認めてくれるかな）

それまで、泰成が望む通りに勉学に励もう。泰成と肩を並べられるほどの大人になりたいなんて、大それた望みは抱いていない。せめて一歩か二歩、後ろをついて歩けるようにはなりたいという願望がある。

　とりあえず、教習所に通う許しはもらった。さっそく通いやすそうなところを探してみよう。無事に免許が取れて、二人で交代しながら運転して遠出ができるようになったら、泰成がそのときこそ喜んでくれるかもしれない。心配だったけど優輝が運転できて良かった、と言ってくれるかも。

数ヶ月後のそんな場面を想像しながら、優輝は箱根の町並みを眺めた。

やがて車は芦ノ湖《あしのこ》のほとりまで山を登ってきて、小高い場所にある高羽旅館の駐車場に停車した。

まだ通常のチェックインの時間には早いからか、駐車場は空いている。トランクから二人がそれぞれの鞄《かばん》を出し、車寄せのある正面玄関に回りこんだ。重厚で落ち着いた雰囲気の旅館の全貌が見え、優輝はにわかに緊張感を募らせた。

　築二百年を超えていながら古臭さはまったく感じない。どの柱もどの窓もきれいに磨かれていて、人手と金をふんだんに使って維持しているのがわかる。

五年前とすこしも印象が変わっていないから驚いた。

あのとき、この威厳ある旅館の佇まいが、自分の前に立ちはだかる壁のように思えた。選ばれた者だけが立ち入ることを許された特別な空間だと、子供ながらに感じたのだ。自分は場違いだとしか思えなかった。だから弥生に冷たい目で見られても、それが当然だと受け止めたのだ。

　いまも、その佇まいは変わらない。気後れしそうになる。けれどそんなことを泰成は望んでいないだろうから、優輝は内心を表情に出さないようにしながら泰成について玄関に入った。

「泰成さん、お待ちしていました！」

「久しぶりです、木島《きじま》さん」

フロントのカウンターから急いで出てきたのは、紺色の作務衣《さむえ》姿の中年男性だ。旅館の名前が染め抜かれた濃紺のエプロンをしている。内田と同年代の彼は、たしか木島といった。五年前にここを訪れたときに、挨拶している。

「元気そうですね」

「それはもう元気ですよ。泰成さんもお変わりなく。優輝さんは私のことを覚えておいでですか。五年前に一度、お会いしているのですが」

木島はにこにこと笑顔で、泰成と優輝にスリッパを出してくれる。

「もちろん覚えています。お久しぶりです」

「すっかり大きくなられて。大学生活はどうですか？」

「まだ慣れないことばかりですけど、楽しいです」

「それは良かったですね」

他愛もない会話をしながら、「どうぞ、こちらへ」と木島に先導されて離れへと移動する。

五年前は、玄関より先に足を踏み入れていない。優輝はロビーに置かれた金箔《きんぱく》の屏風《びょうぶ》にまず驚き、磨きこまれた飴《あめ》色の板張り廊下に感心しながら泰成の後ろを歩いた。

やがて渡り廊下に出た。両側に広がる見事な日本庭園に目を奪われる。美しいグラデーションを見せる木々の若葉と、その足下を覆う苔《こけ》。そこに初夏の陽光が差しこみ、自然の芸術を作り上げていた。自然石で囲まれた池には、色とりどりの錦鯉《にしきごい》が悠然と泳いでいる。いつまでも眺めていられるほど、それは静かな癒しを生んでいた。

松の間と書かれた木札がかかった離れの扉を、木島が開ける。和室二間と洋室のベッドルームという造りだった。外国人宿泊客の利便性も考えて、いくつかある離れにベッドを置くことになったらしい。

外には専用の露天風呂がある。こちらも自然石が使われていて、すでに並々と湯が張られていた。組まれた石のあいだから絶えずちょろちょろと湯が出ている。

目の前は日本庭園だが、露天風呂から見える範囲の庭は高い竹垣で囲ってあるので、他の客が迷い込んでくる心配はないと、木島が優輝に説明してくれた。

「それでは、お寛ぎください」

一礼して木島が去って行くと、泰成が和室の窓を開けて深呼吸した。やはり故郷の空気は違うのだろう。

「夕食までまだずいぶんと時間がある。周辺を散策するか？」

「それもいいですけど、泰成さんは長距離を運転してきたばかりですから、すこし休憩したらどうでしょう」

「東京から箱根なんて、長距離運転とは言えないだろう。一時間ちょっとしかかかっていない」

「でも、日頃あまり運転していませんよね」

仕事中の移動は、内田を含む秘書課の社員にすべて任せていることを、優輝は知っている。いわゆるサンデードライバー状態の泰成だ。

「僕はしばらくこの離れで休憩したいです。荷物の整理をしてもいいですか？」

「わかった。優輝がそう言うなら、ここでゆっくりしよう。周辺を散策してもたぶん知り合いばかりで、のんびりなんかできないだろうし」

泰成がひとつ息をついて縁側に置かれた籐《とう》の椅子《いす》に腰を下ろしたときだった。外から「失礼します」と女性の声がかかった。

「母だ」

泰成が立って行ったので、優輝もついて行く。離れの玄関扉を開けると、五年前とまったく変わらない若々しい姿の弥生が立っていた。すっきりと髪をアップにし、派手すぎないメイクをほどこした顔は、とても六十代には見えない。箱根の温泉の効能なのか、とにかく肌がきれいだ。整った目鼻立ちは泰成ととてもよく似ている。控えめな色無地の着物を身にまとって背筋を伸ばした姿は、老舗旅館を背負ってきた大女将の芯の強さを感じた。

「泰成、久しぶり。やっと来たわね。元気だった？」

「元気ですよ。母さんも変わりなく元気そうでなにより」

弥生は笑顔で泰成と短いやり取りをしたあと、優輝と目を合わせてきた。五年前に冷たい目で見下ろされたときのことを一瞬で思い出し、つい身構えてしまう。けれど弥生は柔らかく微笑んだ。

「優輝君、大きくなったわね。来てくれて嬉しいわ。五年前の私の非常識な態度は本当に大人げなくて、反省しています。ごめんなさい」

弥生は潔く頭を下げてくれた。びっくりして、優輝は泰成と顔を見合わせる。泰成も驚いた表情をしたが、滲むような笑顔になった。

「ようこそ、高羽旅館へ。明日まで、うちの自慢の離れでゆっくり寛いでいってください」

「ありがとうございます」

優輝が恐縮して深々と頭を下げると、弥生はもう一度頭を下げて、離れを辞していった。

「良かった」

二人きりに戻ってすぐホッと胸を撫で下ろしたのは泰成だ。この五年間、優輝にはなにも言わなかったが、母親のことでいろいろと思い悩んでいたのかもしれない。自分のせいで心労をかけていたのだ。申し訳なく思うと同時に、とてもありがたいと思う。

「母さん、きっと内田や照雄さんから優輝のことをいろいろと聞いたんだと思う。それで優輝がどれだけいい子なのかわかってくれたんだよ」

「……僕はそんなにいい子ではないと思いますけど……、泰成さんのお母さんとは前から仲良くしたいと思っていました。嬉しいです」

「おまえは本当に優しい子だな」

しみじみと泰成に呟かれて、優輝は心の隅に生まれた罪悪感を微笑みで隠す。

いい子なんかじゃない。優しい子でもない。引き取って面倒を見てくれた保護者の男性を好きになってしまった、馬鹿な子だ。自分がそばにいることで泰成が結婚の機会を逸している——本人が望んでいるにしろ、機会を奪っているのは事実だ——ことを知りながら、離れられないのだから。

平日の朝、玄関でのハグはなし崩し的に習慣になってしまった。優輝は困ったなと思いながらも拒まず、毎朝の楽しみにしている。どうせ、あと数年のことだ。いつかはあの家を出て行かなければならない。けれど、二十歳になるときか大学卒業まではこのままでいたい。優輝の存在を許してくれた弥生には、心の中で謝っておく。

「そうだ、いっしょに風呂に入ろうか」

「えっ？」

泰成が露天風呂へ続く戸を開けた。簡易的な脱衣場はあるが、和室からは丸見えだった。そこの棚に置かれた籠の中には、浴衣とタオルが用意されているようだ。

「ほら、湯加減もちょうどいい。昼間っから露天風呂なんて贅沢、味わってみたことないだろう？」

「それは、そうですけど……」

まさか本気？　と動揺している優輝をよそに、泰成はさっさとシャツのボタンを外しはじめている。

バサッと躊躇《ためら》いもなくシャツを脱いだ泰成の背中を直視してしまい、優輝は慌てて視線を逸らす。

剝き出しの背中くらいは何度も見ている。仕事から帰ってきて部屋着に替えるとき、スーツを受け取って手入れをしているあいだに、ちらりと見ることがあるからだ。けれどあれは一瞬のことだし、間接照明しか灯《とも》されていない泰成の寝室でのことだ。こんなに明るい場所ではない。

機嫌よく泰成は鼻歌をうたいながら、さっさと全部脱いでしまった。脱ぎ捨てられた衣類を拾った拍子に、引き締まった臀部《でんぶ》を見てしまう。カアッと顔が熱くなった。

すべてが格好良い泰成は、どうやら尻の形までいいらしい——って、そんな感想を抱いている場合ではない。内心で激しく焦りながら、優輝は泰成の服を畳んだ。

露天風呂に泰成が入り、湯が溢《あふ》れる音がする。

「ああ、気持ちいい……」

そんなうっとりとした声を聞かせないでほしい。心臓が跳ねて痛いくらいだ。思わず両手で耳を塞《ふさ》ぎたくなってしまう。

「優輝も来いよ。広いから余裕だぞ」

やはり誘われた。泰成にわからないようにこっそりため息をつき、一度は断ってみる。

「一人でゆっくり浸かってください。僕はあとで入りますから」

「なに遠慮しているんだ。こういうときは連れといっしょに入るものだろう？　ほら、おいで」

甘い誘い文句に振り返ると、泰成が胸の下あたりまで湯に浸かり、岩に凭《もた》れて笑っている。無色透明の湯の中で、泰成の素晴らしい肉体がゆらゆらと揺れて見えた。男の象徴的部分は、覗けそうで覗けない。こくり、と喉を鳴らしてしまう。

「恥ずかしいのか？　もう思春期っていう年齢でもないだろう。いいから、おいで」

「……はい……」

ぼうっとしたまま頷いてしまった。慌てて取り消そうにも、「早く」と急かす泰成に、「やっぱりやめておきます」なんて言えない。

優輝はオロオロしながら露天風呂に背中を向けて、躊躇いつつも服を脱いだ。

生まれつきの体質なのか、それとも十歳から十二歳までの栄養不足がいまだに影響しているのか、優輝は華奢だ。運動部にも入ったことがなかったから、肌は生白く筋肉はうっすらとしかついていない。泰成とはあまりにも違いすぎる。自慢できる肉体ではないから余計に恥ずかしかった。

（水着を持ってくればよかったかな……）

最後の一枚、下着を脱ぐことに躊躇《ちゅうちょ》した。でも、たとえ水着を持ってきていたとしても、ここで穿《は》く度胸なんてなかったにちがいない。泰成に指摘されていろいろと文句を言われるに決まっているからだ。

（ええい、もう、どうにでもなれ！）

優輝は自棄《やけ》クソになって下着をずり下ろし、全裸になった。

◇

（ああ、気持ちいい……）

泰成は濡れた岩に凭れて庭の新緑を眺める。臍《へそ》の上あたりまで湯に浸かり、こんなふうに昼間からのんびりできるなんて、今日は素晴らしい日だ。しかも優輝といっしょだ。ちらりと脱衣場を見遣《や》ると、優輝がもたもたと服を脱いでいる。恥ずかしがっているようで、もう可愛くてたまらない。

（まだ十八歳だから仕方がないか）

修学旅行のときはどうしたのだろうか。三年生の五月に沖縄《おきなわ》へ行ったはずだが――。

泰成は保護者説明会の冊子の内容を思い出そうとした。

（宿泊はすべて洋風のホテルで、部屋はツイン。ユニットバス付きだったか）

たしかホテルには大浴場もあったと記憶しているが、裸になるのが恥ずかしい年頃だと、部屋のユニットバスでさっと済ましてしまう生徒ばかりだったのかもしれない。

泰成はてのひらで湯をすくい、自分の肩にかけた。滑らかで透明な温泉は、美肌効果があるという。この旅館の自慢だ。

（母が優輝への態度を改めてくれて、本当に良かった）

招待してくれたはいいが、実はいまいち信用できていなかった。もしわずかでも優輝に対して棘《とげ》がある言動でもしようものなら、即行で帰る心づもりはできていたのだ。しかし、母親は五年前のことを優輝に謝罪してくれた。

ホッと安堵《あんど》したせいか、気持ちが浮ついている。優輝が露天風呂にいっしょに入ることを躊躇しているとわかっていて、やや強引に誘ってしまった。でも、どうしても優輝と入りたいのだ。最高の気分で、最高の露天風呂に、最高に可愛い養い子と入るなんて素晴らしいではないか。

「失礼します」

控えめな声がかかって、泰成は振り向いた。その瞬間、息を飲む。

ミロのビーナスがそこに立っているのかと錯覚した。いや、ミロのビーナスよりもずいぶんとスリムで体つきは十代の少年なのだが、腰にタオルを巻いただけの姿の優輝は輝くように美しかった。後光が差しているように眩《まぶ》しくて、泰成は目を細める。

優輝は俯きがちでそそと歩いてくると、木の桶《おけ》で湯をすくい、かけ湯をした。当然のことながら、腰に巻いたタオルがびしょ濡れになる。股間がうっすらと透けて見えて、泰成は慌てて視線を逸らした。視線を逸らしてはじめて、優輝をガン見していたことに気づく。

ちゃぽん、と水音がして、優輝が湯船に入ってきたのがわかった。

「……とっても気持ちいいですね」

独り言のような優輝の呟きが、頭の中でエコーがかかったようにリフレインした。

とっても気持ちいいですね、とっても、とっても、気持ち、気持ち、いいですね、いいですね——。

気持ちいいですね。

どっと顔が熱くなった。なぜだかわからないが急に心臓がばくばくと激しく暴れはじめる。

ぱしゃっと水音がして、視界の隅に濡れたタオルが丸めて置かれたのが見えた。優輝が共同風呂のマナーにのっとって、湯船の中では腰のタオルを外したのだ。

ということは、いま優輝は全裸であり（それはそうだろう）一糸まとわぬ姿であり（だから当然だ）自分とは湯で繋がって（繋がる？）——。

　唐突に、とんでもないことをしているのではないだろうか、という背徳感がこみ上げてきた。

（いや、なにが背徳なんだ？　ここは露天風呂で、優輝を強制的に脱がしたわけではないし、第一、優輝は男の子だろう。いくら可愛い性格できれいな体をしていても、歴《れっき》とした男の子だ。そしてまだ十八歳とはいえ、そのうち成人年齢は十八歳に引き下げられることが決定しているのだから、べつに犯罪めいた要素はなにもなく……って、そもそも私は保護者だぞ。この五年間、大切に愛情をこめて育ててきた。背徳感なんか、なぜ抱かなければならない！）

　泰成は思い切って振り返り、優輝に笑顔を向けた。

「どうだ、高羽旅館の露天風呂は。いいだろう？」

　聞きながら、瞬殺で後悔が襲ってくる。頬を上気させた優輝は、湯気だけでなく色気までふわふわと漂わせていたからだ。瞳が潤んで見えるのは気のせいだろうか。

　あわわわ、と泰成は目線を庭に戻す。しかし、一瞬で優輝の姿を記憶してしまった。艶《なま》めかしい雰囲気をまとっていた鎖骨だとか、骨張った肩のラインだとか、薄い茶色をしていたちっちゃな乳首だとかが、つぎつぎと脳裏によみがえってきて泰成を混乱させる。

「とてもいいですね。僕、露天風呂ははじめてです。外でこんなふうにお風呂に入るのって、本当に気持ちいい……」

　優輝が浴槽の中を移動して、泰成の横に並んだ。庭の方を向いて、うっとりと陽光を浴びる木々を眺める。その横顔に目が吸い寄せられた。

（この子は、こんなにきれいだっただろうか――）

　ぽかんと口を開けて見とれていることに、泰成自身は気づいていなかった。優輝が先に気づいて、目を伏せる。その目元がじわりと滲むように赤くなっていくのを、泰成は感動しながら見守った。

「泰成さん、僕の顔になにかついていますか？」

「え？」

「そんなに見ないでください。恥ずかしいです」

「あ、ああ、そうだな、すまない……」

　ぎくしゃくと顔を背けて、泰成は両手で自分の顔をごしごしとこすった。変な汗が出ているような感触がしたからだ。それから会話らしい会話はなかった。なにを話していいかわからない。無理に声を出したら、変なことを口走ってしまいそうで怖かった。

「僕、先に出ますね」

　優輝が言い出したときには、情けないことに泰成は安堵してしまった。

「温泉に慣れていないから、もう熱くなってきちゃいました」

優輝がすっと立ち上がって、露天風呂を出て行く。泰成は振り返らなかった。

脱衣場で優輝が体を拭き、浴衣を着ているのを視界の隅でとらえながらも、絶対に焦点を合わすまいと努力した。やがて優輝が脱衣場からいなくなる。泰成はホッとして、湯から上がった。岩に腰掛ける。すっかり逆上《のぼ》せたようになっていて、熱くてたまらない。

しばし外気に体を晒《さら》してから、ゆっくりと立ち上がる。脱衣場に行けば、さっき自分が脱ぎ散らかした服が丁寧に畳まれている。優輝がやったのだろう。

よく気がつく優輝は、泰成の身の回りの世話をまめにしてくれている。照雄よりも細々としたことまで気を遣って先回りして、泰成に不自由がないように動いてくれている。それが押しつけがましくなく、とても自然なので、泰成はすっかり慣れてしまった。

いつのことだったか——泰成は引き取った子供がいかに優秀か自慢したくて、学生時代の友人に久しぶりに会ったときに優輝の話をした。友人は笑いながら、「まるでよく気がつく嫁をもらったような感じだな」と言った。そのときは泰成も「本当にそうだな」と笑い飛ばした。

まるで嫁。

（いかん、なにを考えているんだ、俺は）

タオルで体を拭いて浴衣を着ながら、泰成は冷静になれ、と自分に言い聞かせて深呼吸した。

部屋に戻ると、優輝が備え付けの電気ポットでお茶を淹れていた。浴衣姿で正座して急須を揺らしている姿が、もう、もう……。

よろよろとテーブルに近づき、座布団に座る。「どうぞ」と白い手で湯飲みを差し出され、泰成は礼を言って一口飲んだ。高羽旅館が懇意にしている茶問屋から購入している茶葉だ。いつもの味のはずなのに、優輝が淹れてくれたというだけで、極上のものに思える。

動揺しながらもそれを表情に出さないよう努力して、泰成は微笑んだ。

「美味しいよ、ありがとう」

優輝がふふっと嬉しそうに笑う。ああ本当に可愛いなとしみじみ思った。

時刻はまだ夕方の五時だ。夕食は七時に頼んであるので時間がある。こうして二人でいても、なんだか泰成は落ち着かない。尻のあたりがもぞもぞするのはどうしてだ。毎日、自宅のリビングでお茶だとかコーヒーだとか、いっしょに飲んでいるのに、今日に限って自分が変だ。目がおかしい。目の前でお茶を飲んでいる優輝が艶っぽく見える。

優輝はこの変な空気を感じてはいないのか、ふと疑問に思った。聡い優輝にしては、それについて言及してこないのは不思議だ。

とにかく居たたまれないので、周辺の散策に誘った方がいいだろう。そう言い出そうとしたとき、泰成の携帯電話がどこかで鳴った。優輝が素早く立っていき、衣桁《いこう》にハンガーでかけてあった泰成のジャケットのポケットから携帯電話を出してくれる。

「ありがとう」

手渡されたそれには、「高羽大雅」と表示されていた。兄だ。すぐに画面をタップして応答する。

「もしもし、兄さん？」

『もう松の間に来ているんだろう？　久しぶりなんだ、すこし話せないか？』

「いいですよ」

この気まずい空気から一時でも逃れられるならと、即答した。

兄の大雅とは、時々メールで近況報告はし合っている。仲は悪くなかった。

実家のすべてが長男である大雅に受け継がれることに対して、泰成は特に不満はない。そういうものだと育てられてきたし、いま自分には大切なホテル経営がある。むしろ歴史と因習にまみれた旅館の経営を嫌も応もなく継がなければならない兄には、多少の同情があった。

旅館のどこで落ち合うか決めて、通話を切った。

「優輝、ちょっと兄さんに会ってくる」

「はい、行ってらっしゃい」

「一人にしてすまない」

「僕のことは気にしないでください。適当に過ごしていますから」

そう言ってもらえていくぶん気持ちが軽くなりながら、松の間を出た。

旅館の裏口から外に出ると、目隠しとして植えられた庭木の向こう側にこぢんまりとした和風の二階建てがある。そこの庭先に和装の男がいた。泰成を見て軽く手を振る。

「兄さん」

「やあ、泰成」

父親に似た柔和な目鼻立ちの大雅は、外見通りにおっとりしている。泰成のように新しい分野で集団の先頭に立ち、道を切り開いていくタイプではない。しかしだれとでも打ち解けることができ、従業員たちから愛されていた。

「こっち」

手招きされて縁側に並べられていた座布団に腰掛ける。丸盆にお茶の用意がされていた。

「松の間の居心地はどうだ？」

「快適です。やっぱりうちの温泉はいいですね。母さんがやっと優輝のことを受け入れてくれたようで、ホッとしました。優輝も喜んでいます」

「……うーん……あまり楽観しない方がいいと思うけどなぁ」

「そうですか？　さっき母さんが松の間に挨拶に来てくれて、五年前のことを謝ってくれましたよ」

「でも泰成の結婚は諦めていないみたいだよ。まあ、優輝君が育ってきたから、もう結婚の障害にはならないと思って、懐柔する道を選んだんじゃないかと思う」

「育ってきたって……」

「もう大学生だろう？　実家を出て一人暮らしをする学生なんて山ほどいるじゃないか。だから優輝君にいい顔をして泰成の家から出てもらって、おまえを、結婚させようとしているんじゃないの？」

「……優輝が一人暮らし……」

衝撃的なワードが兄の口から飛び出してきて、泰成は呆然とした。

「ダメだ、それはダメだ。優輝を一人暮らしさせるなんて……」

「なにがダメなんだ？　内田に聞いたけど、あの子は家事を手伝っているらしいじゃないか。自分の身の回りのことくらい難なくできるだろう。仕送りさえしてやれば、余裕で一人暮らしできるんじゃないのか？」

「いやでも、あんな子を一人にさせたら、危険だろう！」

いかにも汚れていません、といった体《てい》の優輝が一人暮らしなどしたら、あっという間に羊の皮を被《かぶ》った女豹《めひょう》に喰《く》われてしまう。いや、もしかしたら獰猛《どうもう》なオオカミかもしれない。優輝はそれほど美味しそうな獲物で——。

「まあ、都会に危険はつきものだから、おまえが心配する気持ちはわかるよ。安全そうな物件を選んであげればいいじゃないか」

ちがう、心配しているのは、そういう類《たぐ》いの危険ではない。大雅は泰成がなにを危惧しているのか、理解できないようだった。

「兄さん、五年前は味方してくれたのに、いまは母さん側につくんですか」

「いや、母さん側につくとかじゃなく、そろそろ優輝君は自立してもいい年齢だろう。泰成が結婚してもしなくても、私はべつにどっちでもいいよ。おまえの自由だ。ただ優輝君の自立について、そろそろ具体的に考えているのかと思っただけだが……その様子だとまだみたいだな」

さっきの露天風呂での優輝の姿がチラつく。あの清楚《せいそ》さの内に秘めた滲むような艶やかさは、狩りが好きな肉食系の人間には、セックスアピールとしかうつらないだろう。

危険だ。まったくもって危険だ。泰成が目を離したせいで優輝が毒牙にかかったりしたら、悔やんでも悔やみきれないではないか。一人暮らしなんて断固として許可できない。

「ところで、ホテル業界のことを聞きたいんだけど――」

大雅が直近のホテル事情や世間の景気のことを話し出した。泰成は適当に相槌を打ちながら、離れに残してきた優輝が気になって気になってしかたがなかった。

◇

泰成が大雅に呼び出されて出かけると、優輝はひとつ息をついた。

勇気を振り絞って露天風呂に入ってみたが、泰成の反応はたいしたことはなかった。いっしょに風呂に入ったこと自体がはじめてだったので、やたらと体をじろじろ見られたことはちょっと気になった。けれどそれだけだ。泰成の表情は普段とあまり変わらなかった。

ドキドキして緊張していたのは優輝だけ。

「恥ずかしい……」

勝手に緊張して勝手にドキドキして、逞《たくま》しい泰成の体にあわや股間が反応してしまいそうになって頭の中で数式を唱えたなんて、泰成はきっと想像もしていないにちがいない。

　呼び出されてくれて助かった。一人で頭を冷やすには、ちょうどいい時間をもらえた。

「周辺だけ、ぶらっとしてこようかな」

　ずっと離れに閉じこもっているのもなんだからと、優輝は立ち上がった。浴衣の上に羽織を着て、携帯電話を袂《たもと》に入れる。泰成に『ちょっとだけ散歩してきます』とメールを送っておいた。

　離れの玄関には外履き用の草履《ぞうり》が用意されていた。それを使って、直接庭に出る。

　高羽旅館の敷地は広く、錦鯉が泳ぐ池はいくつも点在しているらしい。出かける前に覗いた旅館のサイトには、茶室があると書かれていた。どこにあるのかな、と優輝はそぞろ歩く。

「あれ？」

　気がついたら厨房《ちゅうぼう》らしき建物の裏に出ていた。そこだけは新しい建物で、食材が入っていると思われる発泡スチロールの箱が積み上げられた台車が置かれ、換気扇からは良い匂いが排出されている。威勢の良い人の声も聞こえていて、一般の客が立ち入ってはいけない場所だと気づいた。

　本当はこんな老舗旅館の厨房がどんなふうなのか、覗き見してみたい気持ちはあった。泰成に頼めば、いつか見せてもらえるだろうか。

「あ、こんなところに……」

　来た道を引き返すと、『関係者以外立ち入り禁止』の小さな札が小道に立てかけられていた。ぼんやりしていて見落としていたらしい。だんだんと日が暮れてきていて、足下が暗くなっていたせいもあるだろう。

　離れに戻ろうと、あたりを見回したときだった。

「あら、こんなところにいたの、優輝さん」

　背後から声をかけられて振り向いたら、弥生が立っていた。周囲が薄暗くなっているせいか、弥生の表情が固いように見える。彼女は近づいてくると、ニコリともせずに睨みつけてきた。

「あなたに話があって松の間まで行ったのよ。探してしまったわ」

「それは、すみません」

「泰成は？　どこかへ出かけたの？　あの子には聞かれたくない話なのよね」

「お兄さんに呼ばれて行きました」

「ああ、大雅のところね」

　弥生がちらりと左手の方向を見た。ざっくりとそちらの方角に大雅の家があるのかもしれない。

「あの、話って、なんでしょうか……？」

　泰成に聞かれたくない話。嫌な予感しかしない。

「いつまで泰成の家にいるつもりなのか、聞いておきたくて」

「えっ――」

「なにを驚いているの。この私があなたの存在を認めるわけがないでしょう。直接、文句を言ってやりたくて、一芝居打ったのよ」

鼻息荒く、弥生は「それで、どうなの」と人差し指を優輝の胸に突きつけた。

「もう大学生なんだから一人暮らしをしたらどう？　てっきり高校を卒業したタイミングで出て行くかと思っていたら、まったくその気配がなくて失望したわ」

ずけずけと遠慮なく言われ、優輝は驚いて言葉をなくした。

「いつ出て行くつもり？」

「あの……」

「まさかなにも考えていないってことはないでしょう？」

「か、考えてはいます。その……僕としては、二十歳になったときか、大学を卒業するタイミングで出て行こうと思っていました」

まだ心の準備ができていない。猶予がほしかった。しかし弥生が渋面《じゅうめん》でため息をつく。

「あなたのタイミングを待っていたら、泰成がどんどん四十歳に近づいていくじゃない。とにかく、さっさと出て行ってほしいの。あなただって、世話になった泰成に、不幸になってほしくないでしょう？　できるだけ早くあの家を出て行って」

「……はい……」

優輝は気圧《けお》されて、頷いた。頷くしかなかった。

「泰成には良い縁談が山ほど来ているの。高羽家のためにも、泰成の将来のためにも、結婚した方がいいことくらい、あなたにもわかるでしょう。あの子だって五年前はまだ早いって思っていたかもしれないけど、三十五になったいまでは『そろそろ』って思いはじめているかもしれないじゃないの」

たしかに、いつ泰成の気持ちがそちらに傾くかはわからない。縁談の障害になるのは優輝の存在だけだ。不憫《ふびん》な遠縁の中学生を引き取り、高校卒業まで面倒を見て独り立ちさせた――という美談で済ませるには、優輝がこれ以上あの家にいない方がいいのはわかっている。でも。

「私はね、あなたが憎くてこんなこと言っているわけじゃないのよ。全部、泰成のためなの。私は息子に普通の幸せを手に入れてもらいたいだけ。気立てが良さそうな嫁をもらって、子供を産んでもらって、温かな家庭を築いてほしいのよ。親を失って一人になったあなたにならわかるでしょう？　わかってくれるでしょう？」

　そんなふうに言われたら、なにも言えなくなってしまう。

「あなたがきちんと先のことを考えているみたいでホッとしたわ。通学に一時間以上かかっているんですって？　大学の徒歩圏内に住みたいとでも言えばコトは済むはずじゃない？　なにか困ったことがあったら手を貸すわ」

　弥生は帯の隙間からメモ用紙と小さなペンを出した。そこに０９０からはじまる十一桁の数字をすらすらと書く。

「ほら、これが私の携帯電話の番号。助けが必要なときに電話していらっしゃい。あなたが不幸になったら泰成の名前に傷がつくわ。泰成のために、あなたは落ちぶれてはいけないのよ。このままちゃんと大学に通って、優秀な成績で卒業して、きちんとどこかに就職しなさい。そうしないと泰成の落ち度になってしまう。私の息子の汚点になんてなられたら困るのよ」

弥生が思う母親としての泰成への気持ちは本物なのだろう。ただ息子を支配したいという欲求だけではない。だからこそ、優輝は胸が痛んだ。どこへ行っても、いつまでたっても邪魔者でしかない自分が辛い――。

「じゃあ、話はそれだけよ。もうすぐ夕食の時間だから、松の間に戻ってちょうだい」

「はい」

優輝が頭を下げると、弥生は厨房の方へと歩いて行った。その後ろ姿を見送ってから、優輝は十一桁の数字をじっと見つめる。メモ用紙は丸めて、厨房の裏口付近にあった、燃えるゴミの袋に入れた。

完全にあたりが暗くなるまえにと、優輝は来た道を急いで戻る。離れに明かりを見つけ、玄関に入ると、泰成が履いて行った草履があった。その横には一回り小さな草履が二足。奥から話し声が聞こえる。

「ただいま帰りました」

「おかえり」

戸を開けて中に入ると、泰成は縁側に置かれた籐の椅子に座って新聞を広げていた。小豆《あずき》色の着物に小花柄のエプロンをした仲居が二人来ていて、テーブルの上に夕食の会席をセッティングしているところだった。

「お酒やつまみが足らないようでしたら、内線で知らせてください。ご飯のお代わりも。いくらでも持ってきますから」

「もう若くないんですから、そんなに飲み食いしませんよ。でもありがとう」

泰成が笑いかけると二人の仲居も笑顔になり、慣れた連携プレーで盆をそれぞれ小脇に抱えると離れを出て行った。

「さあ、食べようか」

「はい」

優輝は何事もなかったかのように微笑み、テーブルについた。泰成と二人きり、向かい合わせで夕食を取る。家ではここに照雄が加わって三人になる。時には内田も座って、四人で賑《にぎ》やかに食べることもあった。

「どこを散歩してきたんだ？」

「庭をぐるっと回ってきただけです。とても広いですね。泰成さんの方は、お兄さんとゆっくりお話してきたんですか？」

「ああ、うん、まあね……」

泰成は一瞬だけ視線を泳がせ、すぐにまっすぐ前を向いて目を合わせてきた。

「ホテル業界の話をしたよ。兄は兄でいろいろと情報収集しているみたいだけど、私からナマの声が聞きたかったようだ。あとは、姪《めい》っ子たちのことを。もう小学生だ。すこし会わないうちに子供は大きくなるもんだな」

「ふふ、泰成さん、普通の親戚のおじさんみたいなことを言っていますね」

「親戚のおじさんなんだから、仕方がないだろう」

泰成とこんなふうになんでもない会話をしながら食卓を囲むのは楽しい。優輝は多くを望んでいないつもりだったが、弥生にとってはそうではなかったのだ。五年間、面倒を見てもらっただけで、満足しなければならなかった。

小一時間ほどしてからさっきの仲居によって運ばれてきたデザートは、お米のアイスクリームだった。白いアイスをスプーンですくう。口の中でサッと溶けていくと同時に、ほのかな甘みが舌に広がった。儚《はかな》い夢のように消えていくデザートを味わいながら、優輝は溢れそうな寂しさをほぼ完璧に隠しきったのだった。

◇

どうも、優輝の様子が変だ。

泰成がそう思うようになったのは、箱根から戻って三日目くらいだった。

特筆すべき変化はない。ただ、目が合う回数が減ったような気がする。会話をするとき若干俯きがちになり、なにかを質問すると返答までに間があくようになった。その間は、本当にわずかなもので、最初は気のせいかと思うくらいだった。

いくつもの些細な引っかかり。ひとつふたつなら流すところだ。しかしそれが度重なると、あきらかに「なにかがあった」のではないかと思うようになった。

なにかがあったのは、いつだろうか。記憶を遡《さかのぼ》り、泰成は箱根ではないかとあたりをつけた。

兄の大雅に、母親が優輝を受け入れたと楽観するのは早計ではないかと言われたのを思い出す。

もし自分が知らないところで、母親が優輝になにか良くないことを言っていたとしたら――。

ほとんどの時間は優輝のそばにいたが、何度かは短時間だけ離れた。兄に呼び出されたときとか、離れの露天風呂だけでなく本館の大浴場へ行ったときとか。駐車場の車まで忘れ物を取りに行ったときは、近所の顔見知りに捕まって小一時間ほど立ち話をする羽目になった。

そういう隙を突いて母親が優輝に近づき、余計なことを言ったのかもしれない。折れてくれたと思っていた母親が、実はそうではなく、旅館への招待はただの呼び出し目的だったとは考えたくないけれど――。

夜、泰成は夕食後に一人で居間にいた。テレビでは今日のニュースを放送している。

いままでなら優輝が泰成の横に座り、夕食時の団らんの続きとばかりにコーヒーを飲みながら一日の出来事を話してくれたり時事問題について意見を述べ合ったりしていたのだが、箱根から帰ってきてからというもの、泰成は一人になることが多い。優輝がすぐに三階の自室に行ってしまうからだ。

そこに照雄がコーヒーを運んできてくれた。ソファ前のローテーブルにカップを置いて立ち去ろうとした照雄を、引き留める。

「照雄さん、優輝のこと、どう思う？」

あれこれと言葉にしなくとも、それだけで照雄には通じるはずだ。照雄もなんとなく優輝の様子がおかしいことに気づいている。

「やはりすこし様子がおかしいように思います」

「だよな……。なにか話したか？」

「いいえ、なにも」

顔を見合わせて二人ともため息をつく。照雄が淹れてくれたコーヒーを飲んだ。美味しいが、優輝が淹れてくれたものの方が芳醇《ほうじゅん》な香りがするような気がしてしまう。おなじ豆を使っているはずなのに。

「照雄さん、もし優輝がなにかを相談してきたら、俺に教えてくれ。優輝が俺には内密にと望んだとしても、隠さずに」

「はい、わかっております」

照雄がはっきりと約束してくれた。泰成はコーヒーを飲み干してしまうと、二階にある自分の書斎に行った。私用の携帯電話を手にし、まずは母親に電話をかけてみる。

『もしもし、泰成？　こんな時間にどうしたの？』

「忙しいでしょうから、手短に用件だけ言います。このあいだそちらに行ったとき、優輝になにか言いましたか？」

単刀直入に問い質《ただ》すと、『いきなりなんのこと？』と困惑したような声が返ってきた。

『わざわざ来てくれたことにお礼を言ったり、廊下でばったり会ったときにちょっとした世間話をしたりはしたわよ。それがなに？』

「とぼけないでください。優輝の様子がおかしいんです。箱根でなにかあったとしか思えません」

『あら、そんなふうに決めつけられて心外だわ。あの子がそれらしいことでも言ったの？』

「言わなくても私にはわかるんです」

伊達《だて》に五年も一緒に暮らしていない。

『あらあら、ずいぶんと父親ぶっていること。あの子にもそんな態度で接しているのかしら？　恩があるからいまは黙って従っているかもしれないけど、あまり押さえつけるのはどうかと思うわよ。そのうち彼女でもできて、そっち優先になるでしょうし、大学やアルバイト先とかであたらしい人間関係ができるんだから』

「優輝は大学へ勉強するために行っているんです。軽薄なだけのサークルには入っていないし、アルバイトは許可していません」

自動車教習所に通うことだって、じつは反対だ。プライベートで遠出をするときに交代で運転したいと思ってくれたことは嬉しいが、危険だ。それに車でどこへでも行けるようになってしまったら、行動範囲が広がる。泰成が優輝の動きを把握しきれなくなってしまう。もちろん携帯電話の位置情報で、だいたいどこにいるかはわかるのだが。

『まあ、泰成ってばアルバイトを禁止しているの？　しかもサークルまで制限しているのね。これはもう、あの子が窮屈がってそこの家から出て行くって言い出すのは時間の問題ね』

電話の向こうで母親が笑っている。

『泰成がそんなに束縛するタイプだとは思わなかったわ。まあ、この失敗を良い教訓にして、本当に自分の子供ができたら教育方針は嫁としっかり話し合うようにね。あのね、とても良いお話が来ているのよ――』

「話はそれだけです。おやすみなさい」

泰成は通話を切り、苛立ちながら電源も落とした。デスクの上に携帯電話を放り投げる。

母親に揺さぶりをかけるつもりが、まんまと自分の方が揺さぶられてしまった。

「俺はサークル活動を禁じていない。優輝が自分でどこにも入らないと決めただけだ！」

いままで通りに照雄の手伝いがしたいからサークルに入らないと決めたのは、優輝自身だ。泰成はなにも言っていない。

アルバイトを禁じたのは、たしかに泰成ではあるが、優輝は納得していたように見えた。どうしてもアルバイトをしたい理由があるなら、きっと優輝は泰成を説得しただろう。それがなかったということは、軽い気持ちでアルバイトの件を言い出しただけにちがいない。

「無理に働かなくていいんだ。小遣いが足らないなら、いくらでも増額する。それのどこが悪い？　どうせ卒業したら働かなくちゃならないんだ。そもそも外には危険がいっぱいだ。あの子を守るのは俺の義務だろう？　くそっ、通学の送迎を手配してやりたい……！」

ウガアッと喉奥から意味不明な呻《うめ》き声が出た。両手で頭をぐちゃぐちゃに掻《か》きむしり、ついで顔を覆う。荒ぶった気持ちを深呼吸で宥《なだ》めながら、泰成は携帯電話をもう一度手に取った。

「もしもし、兄さん？」

兄の大雅に電話をかけた。もう家族は寝静まっているのかもしれない。大雅はいつもよりずっと抑えた小声で『どうした？』と尋ねてきた。

「兄さんの悪い予感が当たっていたようです。母さんが優輝になにか余計なことを言ったらしい。でもなにを言ったかまではわかっていません」

『そうか。当たってほしくなかったな……』

「それで、申し訳ないんですが、それとなく母さんに探りを入れてくれませんか。優輝になにを言ったか、内容がわかれば対処すべきときに素早く動けると思うんです」

『わかった。やってみる。まあ、あまり期待しないで待っていてくれ』

苦笑したとわかる声で請け負ってくれた。通話を切ってから、続いて内田に電話をしようとして指先を止める。さすがに盗聴器の用意を秘書に頼むのはやりすぎだろう。いくら優輝の動向を知りたいからといって、部屋に盗聴器を仕掛けてはいけない――と思う。

落ち着け、と泰成は自分に言い聞かせる。携帯電話をデスクにそっと置き、チェアの背もたれに体重を預けた。天井を見上げて、三階にいる優輝を思う。

「優輝……いまなにを考えている？」

あの子の心の中がすべてわかればいいのに。自分が憂《うれ》いを取り除き、なにもかも望みを叶《かな》えてあげるのに。

いつも心から笑っていてほしい——。

子供時代に虐待を受けた人は、成人後も引き摺《ず》ることがあるという。忘れたつもりでも、なにかのきっかけで記憶がよみがえり、心を病む人もいると聞いた。もしそうなったとき、泰成は優輝を支えてあげたい。医療的ケアが必要ならどんなことをしてでも最適な医者を探すし、生活の面倒だって見る。だから学生時代のいまくらい、のびのびと楽してくれていい。

「そう考えているんだが、内田はどう思う？」

翌日、泰成は迎えの車の後部座席から、運転席に座る内田に内心を打ち明けた。とはいえ、そのあたりのことなど、内田はとうに知っている。

「優輝君のかつての事情から、社長がそう考えてしまうのは当然だと思います」

「だろ？」

「しかし、過保護なのは否めません。大学生になったのですから、アルバイトくらいは経験させてあげたらどうですか。大女将が言うように、そのうち優輝君がいまの生活を窮屈だと感じて社長に反感を抱くようになるかもしれませんよ」

「優輝が私に反感を抱く？　ハッ、そんなことがあるわけないだろう」

泰成は一刀両断したが、心の隅っこで密かにそれを危惧している。だれにも言えないが。

「俺は、俺はただ優輝にずっとそばにいてほしいだけだ……。本人が望むなら、大学を卒業しても就職しなくていいと思っている。照雄と一緒に家事をしながら俺の帰りを待っていてくれてもいい。健やかに、穏やかに、笑顔で生きていってほしい。それだけだ」

「家事をやりながらあなたの帰りを自宅で待つ生活ですか。照雄さんのように月給を出しますか。それとも無給ですか？　タダ働きならば、それはほとんど専業主婦ですね。社長は優輝さんを嫁にもらいたいのですか？」

「嫁？　優輝が？　なにを言っているんだ、あの子は男の子だぞ。いくら可愛い顔をして気遣いが半端なくてお淑《しと》やかで大和撫子《やまとなでしこ》のようでも、男の子だ。私の世話で一生を終えるなんて、もったいない。きっとあの子は有能だ。そうだろう？」

「そうですね。ここで社長に嫁だと肯定されたらどうしようかと思っていました。常識的な返答がもらえて嬉しいです」

嫁。ありえない、と即座に否定したはいいが、なにやらじわじわと衝撃が浸透してくる。まるでボディブローのようにゆっくりと効いてきた。

「……優輝は俺の嫁じゃない……」

そう、嫁ではない。あの子は男だ。露天風呂で裸も見た。白い肌が艶めかしくて直視できないくらいに独特の青い色気を感じたが、男だった。

「では優輝君に将来、素敵なお嫁さんが来たとしたら、生まれた子供は社長にとっては孫同然ということで――」

「優輝に嫁？」

超弩級《どきゅう》の衝撃ワードに、泰成は愕然とした。そんなこと、想像もしていなかったからだ。

「社長は結婚を避けて仕事に生きるおつもりでしょうが、優輝君はどうでしょうかね。両親を早くに亡くしているわけですから、自分だけの温かい家庭を作りたいと願っても不思議ではありません。社長と照雄さんがいくら家族同然に可愛がってくれても、それとこれとは違いますからね」

内田が言いたいことはわかる。泰成はショックのあまりなにも言えなくなって、顔を窓の外に向けた。片手で頬杖をつこうとして、その手の指先がかすかに震えていることに気づいた。

◇

「やっぱりなんかあったんでしょ」

ぼうっと窓の外を眺めていたら、肩をぽんと叩《たた》かれた。手洗いに中座していた香織が、元の席に腰を下ろす。飲食によって落ちていた口紅があらためて引き直されていることに気づいた。

大学の最寄り駅近くのコーヒーショップに来ている。ついさっきまで遼太郎も一緒だった。アルバイトの時間があるからと、先に一人で店を出たのだ。

「話したいことがあるなら、いくらでも聞くよ？」

遼太郎の恋人である香織は、白地に紺色のボーダーが入ったTシャツとデニム生地のスカート、白いスニーカーという初夏っぽい格好をしていてよく似合っている。中学時代からの友達で、高校まではボーイッシュなファッションを好んでいた。大学生になってからスカートを穿いて薄化粧をするようになり、ぐっと女の子らしくなったのだ。そんな香織に、付き合いの長い遼太郎もドギマギしているようで微笑ましい。

「遼太郎には言えないけど、私には言えるかもっていうの、あるんじゃない？」

氷だらけになっているアイスカフェラテをストローでずっと吸い、香織が小首を傾げる。興味本位ではなく優輝を本気で心配してくれているのが伝わってくるから、ふっと気が緩んだ。

「このあいだ、泰成さんの実家の箱根に行ったたっていう話はしたよね。そこで、まあ、ちょっとあって……」

「お姑《しゅうとめ》さんになにか嫌みでも言われた？」

「お姑さん？」

「泰成さんのお母さんに会ったんでしょ。初対面のときに失礼な態度で攻撃してきたっていう人」

「泰成さんのお母さんは僕の姑じゃないよ。なにそれ。老舗旅館の大女将なんだから、そんな失礼なこと言ったら――」

「好きな人の母親なんだから、姑みたいなもんでしょ」

「えっ……」

いまなにか聞き流せない言葉が香織の口からさらりと発せられたような気がする。

「なによ、私がなんにも気づいていないとでも思ってたの？　あんたが保護者の泰成さんに恋していることくらい、ずいぶん前から知っていたわよ」

「ずいぶん前って……」

「あんたは隠しおおせているつもりだったかもしれないけど、私からしたらバレバレなんだもん。泰成さんの話をしているときの優輝って、モロに恋する乙女って感じだし、いままで何人からも告白されてモテてきたのに一切興味を持たなかったし」

衝撃のあまり優輝はなにも言えない。まさか秘めた恋心が同級生に気づかれていたとは。

「遼太郎も、それを……？」

「はっきりと話し合ったことはないよ。でも、なんとなくは察していると思う。私たち、じょうずに見守ってきたでしょう？」

「……そうだね」

ごく自然に笑みがこぼれた。自分の気持ちに気づいたばかりのころ、十六か十七歳のときにこんなふうに指摘されていたらショックのあまり二度と学校に行けなくなっていたかもしれない。

けれど大学生になり、もうすぐ十九歳の誕生日を迎える年になって、なんとなくではあるが世の中にはいろいろな人がいることを知った。この気持ちは無理に打ち消さなくてもいいものだとわかった。

だから香織から正面きってこんなふうに言われても、動揺はするが苦笑いひとつで済ませることができる。

「まあ、泰成さんって写真で見る限り素敵な人みたいだから、優輝少年がハマっちゃう気持ちはわかるよ。命の恩人が優しくしてくれたら、そりゃもう惚《ほ》れちゃうよね」

香織は泰成と面識がない。遼太郎は高校時代に二度ほど会ったことはある。どちらも柔道の大会のときだったから、遼太郎は柔道着を身にまとっていたけれど。

「若きホテル王で、イケメンで、ジェントルマンなんて、そんな人いるところにはいるんだね」

泰成を褒められるのは無条件で嬉しい。

「でも、そういう人に惚れちゃうと、なかなか大変そう。でしょ？」

うん、と優輝は頷く。一人で悩みすぎていつしか憂うつが苛立ちに変わっていた優輝は、思い切って「じつは」と口を開いた。

弥生に、いつ家を出て行くのかと詰め寄られたと話すと、香織は憤慨してくれた。

「嫌みな姑そのまんまじゃない。なにそれ。優輝と泰成さんがなんの問題もなく仲良く暮らしているのに、そこに横槍《よこやり》入れるってどういうこと？　いくら泰成さんのお母さんでも、正気を疑うわ」

「香織ちゃん、それはさすがに言いすぎ」

「優輝も泰成さんも望んでいないのに、そこに口出すのはやりすぎでしょ。たしかに泰成さんは一般的な結婚適齢期を過ぎようとしているけど、そんなの本人の自由だし。そもそも、泰成さんって女の人は大丈夫なの？　そんなに結婚したくないなんて、じつは隠れゲイなんじゃ？」

「それはないと思うよ。泰成さんはただ結婚したくないだけで、女の人とはときどき会っているみたいだから……」

「えっ、なにそれ。いわゆる、体だけのお付き合い的な人が存在しているってこと？　うわぁ、引くわ。大人って嫌ね。特定の恋人を作らないなら、右手で我慢しなさいって言いたいわ」

「香織ちゃん、声が大きい」

あけすけな物言いをする香織に、優輝は思わず周囲を見回す。他の客に会話が聞こえていなければいいのだが。

「香織ちゃんは遼太郎一筋だからそう思うのかもしれないけど、泰成さんには泰成さんの事情があるんだよ、きっと」

「どんな事情よ。男の下半身の事情なんて知りたくないわ。遼太郎の事情ならものすごく知りたいけど。あいつ、マジで右手がお友達なんだから、もうっ」

ズコッと音を立ててストローを吸い、香織は不機嫌そうに眉間に皺《しわ》を寄せる。さっきまで遼太郎が座っていた椅子をキッと睨み、「ねえ、聞いてよ」と優輝に顔を寄せてくる。

「私たち、じつはまだなの」

「なにが？」

「清い関係なのよ」

「えええっ？」

今度は優輝が大きな声を出してしまった。咎《とが》めるような視線が周囲から集まってしまい、優輝は慌てて小さく頭を下げた。

「それ、本当？」

ひそひそ声で香織と突っ込んだ話をする。

「本当なんだよ、酷いでしょ？　私たち、もう六年目に入ったんだよ。このままナシなの？　急いで経験したいってわけじゃないけど、マジで遼太郎のこと好きなんだよ。できれば、深い関係になりたいと思うでしょ？」

はあ、と香織は切ないため息をつく。急にしっとりとした大人の色気を醸《かも》し出しはじめた。

「あいつさ、柔道部を引退してから髪を伸ばしはじめたじゃない。同時にダイエットするって宣言して、丼飯をやめたの。百キロ超級だったから、ずっとその体重キープのために一日五食だったのを、普通に三食にした。中学生で私と付き合いはじめたとき、遼太郎はもう柔道部の期待の星で、そういう体型だったんだよね。そんな遼太郎を好きになって、ずっと付き合っていたから、私はそのままでもよかったんだけど……」

「ずいぶん痩せたよね」

遼太郎は脅威の精神力でもって、自分で立てたダイエットスケジュールを守り切り、順調に体重を落としていった。現在の正確な体重は聞いていないが、二十キロは落としたと思う。

「そうなのよ、痩せたのよ。もともと背が高い上に痩せて、坊主頭だったのに髪が伸びてきておしゃれに美容院なんかに行くようになっちゃって、すごくカッコ良くなっちゃった！」

香織としては、恋人がモテそうな外見になってしまい、ものすごく心配らしい。いままで恋のライバルなんて気にせずにいられたので、いまの状況が辛いと優輝に訴えてきた。

「だから、せめてエッチして気持ちを確かめ合いたいの。ただの好奇心で言ってるわけじゃないってこと、わかって？　優輝ならわかってくれるよね？」

「ああ、うん、そうだね」

香織の迫力に押されて頷く。

「それなのに、あいつったら、のらりくらりと逃げやがって。図体《ずうたい》ばっかりでハートはチキンかよっ」

握ったちいさな拳《こぶし》がぷるぷると震えている。言葉は荒っぽいが、香織は冗談ではなく本気で悩んでいるようだ。

「香織ちゃん、遼太郎がチキンなのはしょうがないよ。持って生まれた性格だから」

遼太郎の柔道の才能はだれもが認めるものだった。しかし彼は高校三年で引退してしまった。このまま続けていたら日本代表に選抜されて世界柔道やオリンピックも夢ではないのに、と周囲にものすごく引きとめられた。それでも遼太郎の決意は変わらなかった。

結局は性格がすべてなのだ。遼太郎はなにがなんでも勝ちたい、という意欲に欠けていた。本人が一番それをわかっていて、きっぱりとやめることを決めた。優輝と香織は、遼太郎の長年の苦悩を間近で見ていたので、その選択を支持した。

　引退してからの遼太郎は、生き生きとアルバイトに励んでいる。

「性格はどうしようもなくても、性欲は普通にあるでしょ？」

「んー、あるだろうね。我慢しているのかな」

「しなくていいよ」

「でもそれって、香織ちゃんを大切に思っているからじゃないの？　大切だから、なかなか手が出せないって感じで」

「そんなの嬉しくない。私は確かめ合いたいの。遼太郎に触りたいし、触ってもらいたい。優輝だってもし泰成さんとそういう関係になれたら、体に触りたいって思うでしょ？」

「えっ、僕？」

　いきなり具体的な妄想を振られて、優輝は激しく狼狽《うろた》えた。あやうくコーヒーカップを倒してしまいそうになる。

「そんなことありえないから、変なこと言わないでよ」

「想像してみてよ。ちょっとだけでいいから。ほら」

「ヤダ、だめ、勘弁して」

　泰成とそういう関係？　キスしたり、抱き合ったり、そういうこと？

　つい最近、露天風呂で見てしまった泰成の体を思い出してしまい、カーッと顔が熱くなった。あの体に抱きしめられたりしたら、自分はどうなるだろうか。ちょっと想像しただけで全身にどっと汗が吹き出す。

「優輝ったらカワイイ。真っ赤になっちゃって。そんなにあの人のこと好きなんだ？」

顔が火を噴きそうだ。俯いた優輝の顔を覗きこむようにして、香織がくすくすと笑う。

「香織ちゃん、からかわないでくれる？」

「ごめん。でも優輝ってマジでカワイイね。こんなことくらいで真っ赤になっちゃって。泰成さんが過保護にしちゃう気持ち、わかるわー。アルバイトすら許さないって、相当だよね」

ほとんどテーブルに突っ伏すような体勢になった優輝の頭を、香織が抱えるようにしてヨシヨシと撫でてくる。完全に遊ばれているようだ、と優輝はなかなか熱が引かない頬を両手で押さえてため息をついた。

「過保護にされて、いつまで子供扱いなんだろう……って残念に思うんだけど、これがちがった意味での独占欲だったらいいのに……って思うことがあるんだ」

「つまり恋愛的な？」

「そう。ありえないことだけど、ちょっとだけ望みを抱いちゃう」

「そんなの普通だよ」

「でもね、僕は想うだけでいい。好きになるのは自由だよね。僕はたぶん、ずっと泰成さんが好き」

彼のことを考えるだけで幸せだし、一つ屋根の下で暮らせた時間は宝物だ。今後、別れて暮らすことになっても、義理堅い泰成はきっと優輝と縁を切ることなんてない。いつか泰成が結婚しても、優輝が社会人になっても、親戚のような付き合いは続いていくと思う。

会うたびに、やっぱり好き、と実感しながら、優輝は彼の幸せを願っていくのだろう。

いまでも泰成のことを考えるだけで胸がぽかぽかしてくる。

「胸がぽかぽかって……あんた、どうしてそう幸せの設定ラインが低いのよ。もっと望みなさいよ」

「えー、僕にとってはこれでもじゅうぶんに望んでいるんだけどな」

「低いわっ」

また頭を乱暴にぐりぐりと撫でられる。

「あっ」

不意に香織が短く声を上げた。直後、ざわりと店内の空気が揺れたのが感じられて、何事かと優輝は上体を起こす。唐突に、肩をがしっと痛いほどに摑まれた。大きな手の先には、見慣れたスーツ姿の泰成の顔があった。

なぜだか、いままで見たこともないくらい険《けわ》しい表情をして優輝を見下ろしている。

「泰成さん？」

「優輝、こんなところでなにをしているんだ」

「なにって……コーヒーを飲んでいただけです。泰成さんこそ、平日のこんな時間にどうしたんですか？」

「たまたま車で通りかかった。優輝がこの店にいるのが見えて……」

泰成が視線を香織に転じた。香織は目を丸くして、無言で泰成を見上げている。

「君はだれだ？　優輝の友達か？」

「あ、はい、友達です」

「優輝と付き合っているわけではないのか？」

「えっ、それって、どういう意味での付き合いですか？　彼氏とか彼女とかの意味なら、ぜんぜん、付き合っていませんけど」

「付き合っていないのに、優輝にべたべたと触っていたのか」

泰成が咎める口調で香織に迫ったので、優輝は慌ててその腕を摑んで引いた。店内の視線が痛い。何事かと固唾《かたず》をのんで注視している客たちに、泰成は気づいていないようだった。

なぜだか泰成は怒っている。いったいなにがどうなってこんなことになっているのか、さっぱりわからない。とにかく店を出た方がいいだろうと、優輝は泰成の腕を離すことなく立ち上がった。

「泰成さん、ここを出ましょう。香織ちゃん、ごめん、あとでまた連絡する。片付け、頼んでいい？」

「うん、わかった。またね」

香織は気分を害したようには見えなくて、その点にはホッとした。

セルフタイプの店なのでコーヒーの代金はすでに払ってある。食器を下げることを香織に頼んで、優輝はまだ香織になにか言いたそうにしている泰成を引っ張って店を出た。目の前の道に、大学通りには不似合いなダークカラーのセダンが停車している。運転席に座っているのは内田だった。後部座席のドアを開け、泰成の背中を押すようにして乗りこませる。その横に、優輝も座った。

「内田さん、こんにちは。とりあえずここから離れてもらえますか？」

「わかりました」

さすがにベテランの内田は冷静だった。仏頂面の泰成に驚くことなく、なにがあったのかと質問してくることもなく、車を発進させる。

「どちらに向かいますか？」

周囲の車の流れに乗って進ませながら、内田が聞いてくる。

「泰成さんの予定はどうなっていますか？」

「会合の予定がひとつキャンセルになりまして、二時間ほど空きました。帰社の道すがら、優輝君の大学の近くを通りかかったわけです。まだ時間に余裕があります」

「そうですか。だったら——」

「自宅に向かってくれ」

ぽつりと低い声で泰成が口を挟んできた。

「優輝を送り届けてから帰社する」

「わかりました」

頷いた内田がハンドルを切る。泰成は優輝から顔を背け、窓の外を眺める振りをしていた。片足が小刻みに揺れている。泰成は珍しく貧乏揺すりをしていた。

「泰成さん、さっきはいきなりどうしたんですか？」

店での出来事をなかったことにはできない。あとで香織に説明したいし、優輝もなにが原因で泰成が人前であんなに取り乱したのか知っておきたかった。いつも穏やかで落ち着いている泰成らしくない振る舞いだった。

「……あの女の子はなんだ。何者だ」

「何者って、香織ちゃんですよ。遼太郎の彼女の」

えっ、と泰成が振り向いた。

「嘘だ。風貌が違っていたじゃないか。きれいに化粧をしていたし、失礼だが、あんなに可愛くなかった……」

何年か前に写真を見せたことがあったが、その記憶といまの香織が一致しなかったらしい。

「本当です。僕がそんな嘘をつくわけがないでしょう。あれは香織ちゃんです。ただの友達です」

「じゃあ、さっきはなぜべたべたしていたんだ？」

「べたべたって……」

たしかに頭を撫でられたりしたが、優輝と香織のあいだでは、あれくらいの接触はいつものことだ。

「泰成さんが言うほどべたべたしていた自覚はありませんけど、ちょっと込み入った話をしていました。相談というか、愚痴というか」

「相談？　愚痴？　優輝は私になにか不満があるのか？」

「泰成さん？」

「言ってくれ。どんな不満だ？　なにを言われても受け止める。改善するように努力するから」

「いえ、あの、僕が香織ちゃんの愚痴を聞いていたんです。遼太郎との仲について、僕に聞いてもらいたかったみたいで」

　あなたへの恋心がバレていて狼狽えた、なんてことは言えないので伏せておく。香織から愚痴めいた打ち明け話があったのは事実なので、優輝の言葉にはリアリティがあったのだろう。

「……そうか……」

　泰成は背もたれに体重を預け、ひとつ息をついた。

「私はてっきり、優輝に恋人ができたのかと……。私が知らないあいだに――」

だれに聞かせるためでもない独り言だったのかもしれない。しかし優輝の耳にはしっかりと届いていた。聞き流せなかった。

「知らないあいだに？　泰成さんが知らないあいだに、僕に恋人ができてはいけないんですか」

「あ、いや……」

　泰成が言葉を濁して視線を泳がせる。

「いけないことはないが、まだ君は子供だし、そういう付き合いは早いんじゃないかな、と思って……」

「子供？　僕はもうすぐ十九になります」

「それはわかっている。子供という表現は適切ではなかった。しかしまあ、高校を卒業したばかりなんだから、似たようなものだろう？　私がまだしっかり監督していく責任があるし、浮ついた生活を送らせるわけにはいかない。保護者の私が適切な道へと導かなくてはならないと思っている」

子供。監督する責任――。

優輝の胸に、悲しみと憤りが同時にこみ上がってきた。

やはり子供扱い。いつまでそれを受け入れればいいのか。法律的にはもう結婚できる年齢だし、選挙権だってある。

泰成がしているのは明らかに行き過ぎた過保護であり、過干渉だ。

「僕は、もう痩せっぽちだった中学生ではありません。まだ一人前の大人になったとは言えないけれど、あるていどは常識的に行動できる年齢になりました。いつまでも子供扱いしないでください」

「子供扱いしているわけじゃない。優輝、私はただ、恋人を作るのはまだ早いのではないかと、そう思っただけで」

「恋人はまだいません。でも、好きな人はいます」

「えっ……」

泰成が啞然とした表情で優輝を見てきた。優輝の口から想像もしなかったセリフが飛び出した、と明らかに驚愕している。やはり泰成は優輝を子供だと思っているのだ。出会ったときのままの印象で止まっているにちがいない。

ひたひたと冷たいものが腹の底に溜《た》まっていく。すべての感情が凍りついていくような、この感覚には覚えがあった。両親が亡くなったとき、そして親戚に引き取られて辛い目にあったとき。

絶望するほどの悲しみに遭遇すると、これがやってくる。

優輝はぐっと全身に力をこめた。

絶望してはダメだ。たかが失恋で——それも予想していた通りの失恋で——生きていることが嫌になるほど絶望してはいけない。たかが失恋だ。たかが……。

「泰成さん、いつも保護者として僕のことを考えてくれているのはありがたいと思っています。けれど、すべてを管理しようとするのは、おかしいです。僕には僕の大学生活があって、友人関係があります。いちいち泰成さんに報告はしません。もしかして、報告が必要でしたか？」

「いや、それは……」

「報告が必要ないなら、ある程度は放っておいてください。泰成さんに相談したいことができたら、かならず相談します」

「優輝……」

泰成が掠《かす》れた声で名前を呼ぶ。

「その……好きな人というのは……」

「泰成さんには関係ありません」

きっぱりと言い切り、優輝は正面を向いて座り直した。横顔に泰成の視線を感じたが、ちらりとも目を向けなかった。無言で泰成のすべてを拒絶した。

やがて車は家の前に到着した。優輝は内田に「ありがとうございました」と声をかけ、一人でサッと降りる。走り去っていく車の窓から、途方に暮れたような顔をした泰成が見えた。

アイアン製の門扉を開け、コニファーが植えられた庭を進む。玄関ドアはいつも施錠してあるので、渡されている鍵と暗証番号で解錠した。

「ただいま帰りました」

奥に向かって声をかけたが、照雄の返事がない。玄関のシューズボックスを見てみると、照雄が普段履きにしている靴がなかった。特に用事があるとは聞いていないので、食材の買い物に出かけているのだろう。

だれもいない、と判明したとたんに、ぐっと喉の奥が塞がったように苦しくなった。目が熱くなってきて、涙が滲んでくる。優輝は慌ててスニーカーを脱ぎ捨て、階段を駆け上がった。三階にある自分の部屋に飛びこんだときには、我慢できずに涙がこぼれていた。

ベッドに突っ伏して声を限りに叫んだ。マットレスがすべてを吸い取ってくれると信じて、肺が潰れそうになるまで泣き叫んだ。

たかが失恋と思おうとしたが、無理だった。優輝にとって泰成はすべてだ。心配してくれていたのに口答えをして、衝動的に意見してしまった。自分の態度は最低だった。泰成の驚いた顔が脳裏に焼きついている。彼が優輝を子供扱いするのは仕方がない。出会いが最悪だった。

全部、全部わかっていたのに、耐えられなかった。

関係ないなんて、思っていない。泰成が望むなら、その日にあったことを逐一報告することだって厭わない。恋人を作るなと命じられたら、一生作らない。そもそも泰成以外の人とどうこうなるつもりは微塵《みじん》もないけれど。

すぐにでも電話をかけて謝罪したい。けれど聞いてくれるだろうか。もう遅いだろうか。声も聞きたくないくらいに嫌われていたらと思うと、電話をかける勇気もなかった。

（ごめんなさい、ごめんなさい、ごめんなさい……！）

涙は涸《か》れることなく、とめどなく溢れ続けた。


控えめに、ドアがコツコツとノックされた。優輝はベッドに伏せていた顔を上げて、「はい」と小さく応じる。

「優輝君、そろそろ夕食の時間だけど、体調はどう？」

照雄が問いかけながら、ドアを細く開けた。真っ暗だった部屋に、廊下の明かりが差しこむ。優輝は眩しさに目を細め、「すみません……」と背中を向けた。

「食欲がないので、いりません」

「そう。わかった。本当に体調が悪いなら病院に行くかい？　いまの時間なら、まだ受診可能な病院があるよ」

「……大丈夫です……」

食欲がないのは事実だ。帰宅後、ずっと泣いていたせいで、全身に酷い倦怠《けんたい》感がある。発熱はしていないだろうが、起き上がる気力はなかった。

あのあと、しばらくして照雄は買い物から帰ってきた。夕食の支度をする時間になっても優輝が台所へ姿を現さないので怪訝《けげん》に思ったようで、三階まで様子を見にきてくれた。そのときに優輝は「体調が悪い」とベッドから出なかったのだ。

「優輝君」

そっと照雄が部屋に入ってきた気配に、優輝はビクッと反応する。泣き腫らした酷い顔をしているだろうから、見られたくない。薄手のケットを引っ張り上げて、顔を隠した。

「ついさっき、泰成さんから電話があってね。優輝君の様子を聞かれたよ。なんだかとても気にしているようだった。なにかあった？」

優しく尋ねてくれる照雄の気遣いに、涸れたと思っていた涙が滲んでくる。

「……泰成さんが、本当に僕のことを聞いたんですか？」

普通にしゃべりたかったのに、涙声になってしまった。

「ぼ、僕のこと、なにか言っていましたか？」

「私が、体調が悪いようで部屋で休んでいると伝えたら、とても心配していた」

暴言に近いことを言ってしまったのに、泰成は優しさを示してくれる。申し訳なくて、また涙がこぼれた。

「照雄さん、僕、泰成さんに、馬鹿なことを言っちゃって……！」

「はいはい」

照雄が暗闇の中で抱きしめてくれた。がっしりとしたその体に縋《すが》りつく。いままで、こんなふうに救いを求めるような気持ちで照雄にしがみついたことなどなかった。照雄の服からは、出汁《だし》の匂いがした。

優輝は嗚咽《おえつ》混じりに、今日の午後、車の中で起こったやり取りをすべて話した。

「あー、なるほど、そういうことか。泰成さんも困ったものだ」

よしよし、と優輝の頭を撫でながら、照雄がため息をつく。

「泰成さんは悪くないです。僕が馬鹿だっただけで」

「いや、悪いのは泰成さんだよ。優輝君といくつ離れていると思ってるの。いい年をした大人なんだから、他に言い様ってものがあるのを知っているはずだ。あの人はああ見えて不器用だからね。まったく……」

まるで不肖の息子みたいな言い方をするものだから、おかしさがこみ上げてきて、ついフッと笑ってしまった。するとなぜだか、全身をがちがちに固めていた見えない鎖みたいなものが解《ほど》けていく感じがした。猛烈な脱力感に襲われて、優輝は意図せずして照雄にすべてを預けるようにして凭れかかる。目眩がした。

「優輝君？」

「ごめんなさい……なんか、急に……」

「横になった方がいいね」

照雄に介助されてベッドに戻り、寝かせられた。額に照雄の手が置かれる。さらりとした皺深い手だ。安心できる感触だった。

「熱はないようだが、いろいろと考えすぎて疲れたんだろう。このまま寝てしまいなさい。明日の大学のことは、明日の朝に判断すればいい。あとで水を持ってきてあげよう」

「ありがとうございます……」

照雄が静かに部屋を出て行く。最後まで明かりをつけずにいてくれた心遣いが、本当に嬉しかった。

その晩、優輝は考えた。照雄に慰められたおかげで、冷静になれたと思う。

（泰成さん……）

心の中で名前を呟けば、切なくなるほどの愛しさがこみ上げてくる。この五年間の思い出が、たくさんの幸せな時間がよみがえった。泰成の笑顔、声、繋いだ手の感触……。

やはり好きだ。彼以外に、心惹《ひ》かれる人などいない。

だからこそ。

弥生が望むように、この家を出て行った方がいいのかもしれない――。

泰成は養い子との距離感を見失っているし、その養い子である優輝は保護者に恋心を抱いてしまっている。このまま一つ屋根の下で生活していっても、事態は好転しないように思えた。

実の親子でも、子の成長とともに適度な距離感があった方が関係がこじれずに済むと、なにかで読んだ。

（ここを、出て行こう……）

静かに、そう決意した。

◇

数え切れないほどのカメラのレンズに向かって、泰成は穏やかな笑みを向けた。隣に立つイタリア人男性と握手をすると、一斉にフラッシュが焚《た》かれる。

高羽ホテルグループは、イタリアの一流ファッションブランドとコラボして、期間限定で国内ホテルのスイートルームにブランドのカラーやアメニティを導入することが決定した。隣にいるイタリア人男性は、ブランドの主任デザイナーだった。

そのマスコミ向けの発表に、社長である泰成が立ったのだ。

「高羽社長、目線こちらにもお願いします」

巻頭カラー
猫乃森シマ
★新連載
センターカラー
富士山ひようた
秋葉東子
★新連載
日高ショーコ
アンチロマンス⑪
発売記念
連動全プレ実施!!
★ショート
鰍ヨウ／ナナキ シコ
★大好評連載陣
山本小鉄子
葉芝真己
カスカベアキラ
雁須磨子
西原ケイタ／如月弘鷹
ARUKU／コウキ。
雪代鞠絵＋桜庭ちどり
四宮しの／九號
かみしまあきら
平喜多ゆや／山葵マグロ／七微
★最終話
あずみ京平／木山くら
小石川あお／吹山りこ
★注目連載 第2話
三池ろむこ
ルチル
Boy's Cute and Sweet Magazine
RuTiLe
2020年
5月号
◎表紙 山本小鉄子
◎ピンナップ 星野リリィ
本体価格727円+税
大好評発売中!!
◆奇数月22日発売◆隔月刊
（応募者負担あり）
表紙イラストQUOカード応募者全員サービス
最新情報はこちら➡［ルチルポータルサイト］
https://rutile-official.jp

LYNX COLLECTION
バーズコミックス
リンクスコレクション
2020年
4/24
発売!!
●B6判
※実際のイラストとは異なります。
人間不信の神様・オブシディアンの元にやってきた生贄の少年・シュクル。二人はついに心から結ばれて…。優しい溺愛ファンタジー♥
●本体価格630円＋税
花を召しませ
～ほころぶ神花～
シロヒト梨太
ヒヨコくんは甘くない
表情筋が仕事をしないコンビニ店員の日向陽光は、ある日怪しさ満点パティシエ・浅黄安吾に「お尻を見せてほしい」と懇願されて…!?
●本体価格660円＋税
タナカイッパチ
◎幻冬舎および幻冬舎コミックスの刊行物は、最寄りの書店よりご注文いただくか、
幻冬舎営業局（03−5411−6222）までお問い合わせください。

「こっちにも！」

左右のカメラマンに声をかけられ、余裕の態度でそれに応える。

『ミスター、まるでプロのモデルのようだ』

デザイナーに小声でこっそりと褒められて、泰成は『そうですか？　そう言うあなたも』とイタリア語で返事をする。

「それではみなさん、ここでコラボレーションの詳細をご説明いたします」

発表会の司会進行役が撮影タイムは一旦終了と、泰成たちの前に出てきた。元局アナで人気が高かった女性だ。もちろん今回のギャラも高い。それだけ高羽ホテルグループは今回のコラボに力を入れていた。

なかなかおさまらないフラッシュに、元局アナが苦笑いする。

「高羽社長がイケメンなのは私も賛同しますが、まずはブランドの説明をさせてください」

会場内でくすくすとちいさな笑いが起きる。泰成は壇上に用意された椅子に腰を下ろしながら、長い足を組んだ。女性向けファッション雑誌の取材チームが、こっそりと携帯電話でそんな泰成を撮影していることに気づいたが、そこまでは咎めない。個人のSNSでも編集部の公式サイトでもなんでもいいから、せいぜい宣伝してくれるといい。

泰成のルックスには世間へのアピール力があると広報から請われ、たびたび表に引っ張り出される。その効力にはいささか懐疑的ではあったが、自分が出た分、宣伝費が削れるなら御の字だと思い、適度に露出するようにしていた。

なによりこうして泰成が表に出ると、優輝が喜ぶらしい。大袈裟《おおげさ》に賛辞するわけではないが、泰成のことが掲載された雑誌を購入してスクラップにしていると照雄に聞いた。そのスクラップブックをぜひ見てみたい。

いつ言い出そうかと機会を探っているところだったのに――いらぬ言動で優輝を怒らせた。いまごろ優輝はどうしているだろうか。彼の様子をできるだけ伝えてくれと照雄に頼んであるので、ときどきメールが届く。

（いかん、いまは仕事中だ）

うっかりすると優輝のことで頭が占められてしまう。目の前には何百という人間がいるのだ。気を抜いている場合ではない。泰成はあらためて集中した。

その後、そつなく質疑応答もこなし、泰成は控え室に下がった。内田が用意してくれていた水のペットボトルを受け取り、ソファに身を投げ出すように座る。泰成のために用意された控え室には、内田しかいない。やっと気を抜いて、ひとつ息をついた。

（やっぱり疲れるな……。人前に立つ職業についている人間を尊敬するぞ……）

ごくごくと喉を鳴らして一気に半分ほど水を飲んでしまう。すぐにスーツのポケットから携帯電話を取りだした。メールが一件。照雄からだ。急いで開いた。

『優輝君とついさっきすこし話ができました。泰成さんに暴言を吐いてしまったと酷く落ちこんでいたので、優輝君は悪くないと慰めました。食欲がないようなので、水分だけ取らせて寝るように言っておきました。明日は大学を休ませるかもしれません。泰成さん、近いうちに時間をください。優輝君の今後について話し合いましょう。言っておきますが、私は優輝君の味方です』

文面の向こうに、照雄の静かな怒りが見えるようだった。

もし大切な発表会が予定されていなければ、照雄に「優輝君が部屋に閉じこもっている」と連絡をもらった直後に帰路についていただろう。そして優輝に会うやいなや土下座でもなんでもして謝罪をし、許しを請うていたはずだ。

大切な養い子を傷つけ、悲しませてしまった。どうしてあんなことをしてしまったのか、言ってしまったのか。いくら頭に血が上っていたとしても、あれはマズい。いただけない。時間を巻き戻すことができるなら、あのときの自分をぶん殴ってでも止めたい。

今夜は帰りが遅くなる。もしかしたら帰れないかもしれない。とりあえずメールで謝っておいた方がいいのだろうか。それとも、明日になってもいいから直接会って謝った方が聞いてもらえるのだろうか。その判断がつかなくて、どうしていいかわからない。

「ううっ、優輝……」

両手で頭を抱える。苦悶の呻きが漏れてしまい、背後で内田のため息が聞こえた。

「社長、まだマスコミ対応は残っていますよ。シャキッとしてください。反省はほどほどにして、ビジネス用に気持ちを切り替えてくれないと困ります」

「そんなこと言っても、優輝が夕食を抜くほど落ちこんでいるんだぞ。俺のせいで！」

「はい、そうです、社長のせいです。たかがコーヒーショップで女の子といっしょにいたくらいで、あの取り乱しよう。いい年の大人の男がすることではありません。車の中でも酷かったですね。なんですか、あれは。嫉妬に狂った中年男、そのものでしたよ」

「嫉妬……？」

「あきらかに嫉妬でしょう？　優輝君は自分の所有物だと思いこんでいるんですよ、あなたは。だから女の子と話すことなど許可していないのに、と激高したんです。優輝君は社長とは別の人間です。別の人格ですよ。束縛して、さらに厳しく監視しても、なにもいいことなどありません。そんな簡単なこともわからなくなっていたんですか？」

内田は辛辣《しんらつ》だ。歯に衣《きぬ》着せぬ物言いで、泰成をぺしゃんこにした。

「社長、そろそろ時間です」

ドアが開いて、広報部の社員が顔を出した。

「ほら、立ってください」

内田に腕を引かれて立ち上がる。

「仕事ですよ、仕事。このくらいきちんとこなしてください。以前の社長なら苦もなくやってのけたはずです。社運を左右するほどの一大プロジェクトではないですが、ここで失敗したら経営力が疑われます。家庭の事情を知っている者には、引き取った優輝君のせいにする人間が出てくるかもしれませんよ！」

ハッとした。そうか、失敗したら優輝のせいに――。

泰成は控え室から出る前に姿見の前に立った。身だしなみをチェックし、冴《さ》えない表情をしている顔を両手でパチンと叩く。

「気合いだ、気合い！」

「そうです、気合いを入れていきますよ。大丈夫、このイタリアブランドとのコラボはうまくいきます。前評判は上々ですから」

「優輝のためにも頑張らないと」

「優輝君のためにね」

「優輝は、夜のニュースを見てくれるだろうか。各テレビ局の取材陣が来ていただろう？」

「きっと見てくれますよ」

見てくれることを願って、深呼吸。ビジネスモードに切り替えた。

「よし」

背筋を正し、泰成は広報部の社員に続いて控え室を出た。

結局、その日は自宅に帰ることができず、泰成は会社の仮眠室で寝た。

翌朝になってから、優輝にメールを送った。『昨日は悪かった。きちんと謝りたいので、帰宅したら優輝の部屋に行ってもいいだろうか』と。

しばらくして返信が届いた。『僕の方こそいろいろとごめんなさい。泰成さんが帰ったら、僕から書斎まで行きます。大切なお話があります』と書かれていた。

サーッと頭から血の気が引いた。

大切なお話？　それはいったいなんだ？

今後一切、干渉してくるなとか、そういう話か？　顔を見ただけでムカつくから食事は別に取りたいとか？　幻滅したので身の回りの世話をもうしたくないとか？

「大変だ！」

携帯電話を胸に抱えて仮眠室を飛び出し、社長室で先に仕事をはじめていた内田に縋った。

「おはようございます、社長」

「内田、大変だ、どうしよう、どうしたらいい？　優輝が、俺に大切な話があるって言ってきたんだ。悪い予感しかしない。絶対に悪い予感！」

「ああ、はいはい、そうかもしれませんね。朝食を適当に買ってきたので、まずは食べてください。コーヒーくらいは淹れますよ」

「内田、俺はもうダメだ。優輝に嫌われた……！」

「まだ話を聞いていないのに決めつけるのはよくありませんよ。優輝君にはっきり大嫌い宣言をされてから嘆いてください」

「大嫌い宣言っていったいなんだっ」

「ああもう、うるさいですね。とっとと朝飯を胃におさめてください。今日も仕事です！」

　二十歳も年上の秘書に叱られて、泰成はよろよろと応接セットのソファに倒れこむ。ローテーブルにはコンビニのおにぎりやサンドイッチ、ヨーグルト等が置かれていた。もうちょっといいものを用意してくれてもいいのに、と愚痴りそうになり、時計を見て諦めた。どこの店もまだ開いていない時間だ。昨夜、自宅に帰れていたら、いまごろは照雄と優輝が作った味噌汁と白いご飯と焼き魚とだし巻き卵の朝食が食べられたのに。

　サンドイッチをもそもそと食べていたら、内田が給湯室でコーヒーを淹れて運んできてくれた。熱いコーヒーを啜《すす》ったら、いくぶん気持ちが凪《な》いでいった。

「社長、昨日はよく頑張りました。マスコミ対応をそつなくこなして、堂々とカメラの前に立つ姿は立派でしたよ」

「そうか？」

「優輝君はきっと夜のニュースで社長の勇姿を目にし、さすがだと見直したと思います」

「……そうかな……」

「そうです。だから今日も頑張りましょう。今日はできるだけ早く帰れるように配慮しますから」

「本当に？」

「本当です。私は嘘をつきません」

内田がそう明言してくれたので、泰成はなんとかその日一日、仕事に集中することができた。突発的なトラブルもなく、泰成は午後七時には帰宅した。

「おかえりなさい」

玄関に入ると、優輝が笑顔で待っていてくれた。約二十八時間ぶりのナマ優輝。家にちゃんといてくれて、出迎えてくれたという事実に安堵するあまり、膝から力が抜けそうになった。よろけた泰成を、優輝がさっと手を出して支えてくれる。

「泰成さん、大丈夫ですか？　お疲れみたいですね」

「ああ、ちょっとね……。あまり寝ていなくて……」

「すこし休みますか？」

「いや、食事にしたい。もう用意ができているんだろう？」

いつも通りにビジネスバッグを優輝に預け、二階に上がる。自分の寝室でスーツを脱ぎ、部屋着に替えた。それとなく優輝の様子を探ったが、丸一日たって落ち着いたようで、特に変わったところはないように思えた。

（大切な話ってなんだろう……？）

気になってしまい、いますぐにでも問い詰めたい衝動に駆られる。それをぐっと飲みこんで、スーツにザッとブラシをかけている優輝に、「いつもありがとう」と声をかけて労った。

優輝はわずかに目を伏せて、「いいえ、たいしたことができなくて」と呟く。そこで泰成は「おや？」と思った。てっきり照れたように目元を赤くして、「僕がやりたくてやっているので」とわたわたとする可愛い優輝を見せてくれると期待していたのだが。

優輝の横顔には大人びた憂いが漂っていた。急に動悸《どうき》がしてきて、泰成は視線を逸《そ》らす。

（やっぱり、悪い予感は当たるのか？　どれだ？　どれのなにを言われるんだ？）

内心では強風が吹き荒れながらも、泰成は老舗旅館で生まれ育ったが故の鍛え抜かれた顔面筋肉で微笑を保ち、優輝を一階のダイニングへと促した。

「おかえりなさいませ」

照雄がテーブルに小皿を並べながら笑顔を向けてくれる。しかし長年の付き合いで、目だけが冷ややかな感情をたたえていることにすぐ気づいた。そうだ、優輝の「大切なお話」の衝撃が大きすぎて失念していたが、照雄には昨日のことがすべて知られていて、自分はこれから糾弾される予定なのだった。

三人で食卓につき、「いただきます」と手を合わせて表向きは和やかな夕食がはじまる。当然、泰成は味がわからなかった。

食後はリビングでコーヒーを飲みながらテレビのニュースを見る習慣だったが、泰成はとてもそんな気分になれず、早々に二階へ引き上げた。書斎のＰＣでこちらに届いているメールを読んだり、世界中に散らばっている知人のＳＮＳ等を覗いたりした。

午後九時を回ってから、コンコンと控えめなノックがあった。ドキッと心臓を跳ねさせながら、泰成は「どうぞ」と返事をする。入ってきたのは予想通り、優輝だった。パジャマ姿になっている。見慣れたはずの優輝のパジャマ姿なのに、なぜだかハッとした。

（か、可愛い……）

こんなに可愛かっただろうか。この子は。

昨年の誕生日に照雄が贈ったパジャマは水色のガーゼ地で、繰り返された洗濯の効果か生地が良い感じでふわふわになっている。優輝は身長が百七十センチあるので、サイズは普通にMだろう。しかし全体的に細いから、袖や裾が若干余り気味だ。手の甲を半分隠した袖から覗く指先を、優輝はもじもじと動かしながら泰成の前に立った。

「あの、昨日はすみませんでした」

ぺこりと潔く優輝が頭を下げてきた。泰成は腰を浮かし、「いや、私こそ悪かった」と慌てる。

「生意気な口をきいてしまいました。すごく反省しています。関係ないなんて言ってしまって、ごめんなさい」

「昨日の件については、私が全面的に悪かった。あとで内田にも叱られたんだ。優輝はもう大学生になったんだから、過保護もいい加減にしろと」

泰成は席を立ち、デスクを回って優輝の前に来た。優輝は緊張しているらしく、白い顔をしている。なにかの決意を秘めた黒い瞳が、まっすぐに泰成を見上げてきた。

「泰成さん、僕はこの家を出ようと思います」

時が止まったような気がした。泰成は瞬《まばた》きをやめ、呼吸すら忘れて棒立ちになる。

「な、なに……？」

瞬時に喉が干上がって、うまく声が出ない。優輝の「大切なお話」の内容をいくつも想定していたが、これは最悪のパターンだった。

「なんで……？」

わからない。どうして優輝がこんなことを言い出したのか。

「そんなに、私のことが、嫌いになったのか？　顔も見たくない？」

「まさか、違います。僕は泰成さんのご恩を一生忘れません。大人としても、経営者としても、尊敬しています。でも僕たちは、距離が近すぎるように思うんです」

「近すぎる？」

意味がわからない。それはつまり仲良くしているということではないのか。それのどこが、なにが悪いのか。

「近すぎて、僕も泰成さんも、冷静さを欠いてしまっているようにしか思えません。だから、すこし距離を置いた方がいいんです。僕がこの家を出るのが一番手っ取り早いですよね。大学の近くに一人暮らしさせてもらえるなら、通学が楽になります。照雄さんの手伝いができなくなるのは心苦しいですが、大掃除のときとかには帰ってこようと考えています」

優輝の目には迷いがなかった。もう心は決めてしまっている。

「一人暮らしにはお金がかかるので、アルバイトをしてできるだけ生活費を稼ぐつもりです。これ以上、泰成さんに甘えるわけにはいきませんし――」

「生活費くらいは出すから。いくらでも出すから、気にしなくていいっ」

出て行かないでくれ、とは言えない。過保護と過干渉を兄にも内田にも照雄にも指摘され、改善を促されている身だ。このままだと優輝の息が詰まるだろう、と兄に言われたときは反発心が起こったが、それが当たったわけだ。

泰成の過保護――いや束縛に、優輝はとうとう嫌気がさした。すべて泰成が蒔《ま》いた種だ。

「僕にかかったお金は、いつかきっと全部お返しします。泰成さんには感謝しています。僕を引き取っても面倒ばかりなのに、この五年間、とても大切にしてくれました。おかげで僕は過去を引き摺らなくて済んだし、ちゃんとした教育を受けさせてもらえて、親友を得ることもできました」

まるで今生《こんじょう》の別れのような言葉を並べられ、泰成は胸が潰れそうになった。

いつか優輝が自立するときが来るとしても、もっと何年も先だと考えていた。決していまではない。

まだ何年も猶予があって、優輝とたくさん時間を共有できると思っていたのに。

目の前が真っ暗になりながらも、泰成の口は「一人暮らしの細かいことは内田に相談したらいい。私から連絡しておく」と平坦な口調で告げていた。

「それじゃあ、おやすみなさい」

一礼して優輝が書斎を出て行く。泰成はふらふらとチェアに戻り、腰を下ろした。デスクの木目をぼうっと眺める。

「優輝……」

なんとなく名前を呼んだ。ぐっと切なさがこみ上げてきて、息が苦しくなる。

「クソッ」

拳をデスクに打ち付けた。ＰＣや携帯電話が一瞬浮くほどに力を込めて、何度も叩く。

「優輝、優輝、優輝、優輝優輝優輝優輝優輝っ」

悲しくて悔しくて情けなくて、もう感情がぐちゃぐちゃだ。大切にしすぎて失うなんて、馬鹿野郎にもほどがある。幸いなことに、優輝はこれで泰成と縁を切るつもりはないらしい。引き続き学費の援助をさせてもらい、あらたに一人暮らしの生活費を仕送りすることによって、優輝は泰成に経済的に縛られる。

いつか返すと言ったが、そんなもの返済させる気はなかった。しかし優輝が返したいと言うなら、すこしずつでも受け取ってみようか。そうすれば繋がりは途切れない。

いままでの五年間と大学卒業までの四年間で、合計いくらになるか、優輝は計算できているのだろうか。かなりの金額になるはずだ。

「……月に一万円の返済にしたら、何年かかる？　一生かかっても終わらないんじゃないか？」

ははは、と暗い笑い声が漏れた。ガン、と拳をデスクに叩き下ろす。手に痛みがあるはずなのに、感じなかった。

「いらない、そんなもの。金なんかいらない。優輝さえいればいいんだ。あの子は俺のものだ。俺だけのものだ。俺が見つけて、俺が育てた。俺が大切に大切にしてきたんだ。優輝を幸せにしてあげられるのは俺だけだ。俺以外であってはならない。それなのに離れていくというのか。こんなに愛しているのに！」

両手で頭を抱えてデスクに額を打ち付けた。ガツンと固い音がして、目の中に星が散った。さすがに痛い。じんじんと響く痛みに顔をしかめ、ため息をついた。そこでふと、気がつく。

「………………ん？　俺はいま、なにを言った？」

愛していると喚《わめ》かなかったか？　だれを愛している？　優輝？　優輝か？

「優輝……」

視界がサーッと明るく開けていくような感覚に包まれた。不可解なままもやもやしていた心情がほどけ、その一言ですべてが腑《ふ》に落ちた。

「そうか、俺は優輝を愛していたんだ」

家族としてでなく、一人の人間として、恋愛的な意味で、いつの間にか愛情を向けていた。

目の前に答えはあった。たぶん、ずっとあった。それに気がつかなかっただけで。

「そうか……そうだったんだ……」

なんて鈍い男だろう。いつからそうだったのか、にわかには判断がつかない。はじめて会ったときでないのは確かだ。あのとき優輝は十四歳の痛々しいほど痩せた子供だった。泰成が感じたのは、純粋な庇護欲だ。笑顔を向けてくれるようになった優輝を可愛いと思い、それが父性だと思った。家族愛がいつから恋愛感情にすり替わったのか、不明だ。わからない。

ははは、と乾いた笑いが漏れる。優輝への愛に気づいたところで、事態はなにも好転しない。

優輝はもうこの家を出て行く決意を固めてしまったし、泰成は一人暮らしを容認した。泰成自身、自分の気持ちに気づいたのはたったいまだ。優輝は恋愛の機微に鋭くはないだろうから、五年もいっしょに暮らした十六歳年上の男が、まさか自分に恋心を抱いているなんて微塵も思っていないだろう。

それでいい。あの子はなにも知らなくていい。泰成の真実など気づかないままに、ずっと尊敬し続けることだろう。泰成もそんな男でありたいと思っている。

今後はたまに帰ってくる優輝を、孤独を噛《か》みしめながら待つ生活だ。

そのうち優輝は可愛い恋人を作るだろう。無邪気な笑顔で紹介してくれるかもしれない。結婚したいと言ってくるかもしれない。泰成は父親の仮面を被って祝福しなければならないのだ。血を吐くような思いをしながらも、それをひた隠しにして。

「優輝……」

名前を呟いただけで愛しさが胸に満ちてくる。なにものにも代えがたい、大切な存在。

目の奥が熱くなってきて、泰成は驚いた。泣きそうになったのは何年ぶりだろう。以前泣いたのは、記憶にないくらい昔だ。子供のころだろうか。優輝はすごい。三十年も泣くことを忘れていた泰成を泣かせるのだから。

　泰成は固く目を閉じて、断続的に襲ってくる感情の波を懸命にやり過ごした。


　一晩、まんじりともできずに明かしてしまった泰成は、あきらかに寝不足の顔を冷たい水で洗ってしゃっきりさせ、あたらしいワイシャツを下ろして身につけた。

　ダイニングへ行くと、照雄がいつものように朝食の用意をしている。優輝の姿はなかった。テーブルの上に置かれた食器は二組だけ。優輝の分がない。

「おはよう、照雄さん」

「おはようございます」

　振り返り、濡れた手をエプロンで拭きながら照雄が振り返る。

「優輝はどうしたんだ？」

「もう大学へ行きました。なにやら用事があるようです」

「そうか」

　サークルに所属していない優輝が、こんなに早くいったいなんの用事があるというのか。泰成と顔を合わせたくなくて逃げた可能性がある。そんな優輝を、泰成は責められない。自分も、今朝どんな顔をして優輝に会えばいいのかわからなかったからだ。会わずに済んでホッとしている部分があり、自分が情けなかった。

「いただきます」

照雄といっしょに食卓につき、両手を合わせる。白いご飯と味噌汁と焼き魚、のりとだし巻き卵。いつものメニューで、いつもの味。昨日の朝食がコンビニのサンドイッチだったので、それに比べたら雲泥の差だ。しかし美味しいはずなのに——優輝がいないだけで味気なかった。

味噌汁の碗《わん》を静かにテーブルに置き、ふぅ、とひとつ息をつく。毎朝きちんと残さずに食べるのに、今朝は胸が重苦しくてなかなか喉を通らない。

「どうかしましたか、体調が悪いとかですか？　寝不足の顔をしていますけど」

照雄にそう言われて、泰成は正直に「眠れなかった」と答えた。

「昨夜、優輝に家を出たいと言われて……」

「ああ、その話なら私も聞いています。相談を受けましたから」

すでに照雄が知っていたことにいささかショックを受け、泰成は行儀悪いと知りつつもだし巻き卵に箸をぶっ刺した。

「優輝がここを出て行くのはもっと先だと思っていたから驚いた」

「でしょうね。私も驚きましたよ。ただ、優輝君は衝動的にそう言ったわけではありませんでした。考え抜いた末の結論だとわかったので、賛成しました。私は優輝君には心身ともに健やかな毎日を送ってほしいと思っています。この家にいることでストレスを感じるのなら、離れた方がいいとアドバイスしました」

「ストレス……俺がストレスになっているわけだな？」

「他になにがあるんですか。泰成さん以外になにかあるとするなら教えてほしいですね」

しれっとした顔で照雄はご飯を口に運ぶ。子供のころからの知り合いで成長過程をすべて知られ、いまでは日常生活のあらゆることを熟知されているだけに、雇い主といえども泰成は大きい態度を取れない。ぐぬぬ、と黙るしかない。

しかし、これだけはさすがの照雄も気づいていなかっただろう。

泰成はなかば自棄になって、暴露した。

「照雄さん、俺はどうも優輝を愛しているようだ」

「そうですか」

あっさりスルーされ、拍子抜けする。正しい意味が伝わらなかったのか。照雄は六十代半ばだ。もう年だし、年齢的に恋愛の機微に疎そうだ。

「家族愛ではないぞ。恋愛的な意味合いで愛しているんだ。だから干渉したかったし、束縛したかった。もちろん最初からではない。俺には小児性愛の嗜好《しこう》はないからな」

ちらりと目線を上げ、照雄が泰成を正面から見た。

「それにいつ気づいたんですか？　もしかして昨夜ですか」

「え……、まあ、そうだが……」

泰成の頷きに、照雄がおおきなため息をつく。

「遅い」

「は？」

「自覚するのが遅いと言ったんです。昨夜とか、どれだけ鈍いんですか。あれだけ優輝君に執着していたのに、全部無意識でやっていたわけですね。泰成さん、それ、ものすごくタチが悪いです」

辛辣な物言いに、泰成は絶句した。手からぽろりと箸が落ちる。

タチが悪いと毒づかれたのも衝撃だが、照雄の方が先に泰成本人よりも恋愛感情に気づいていた事実に愕然とする。

「……知っていたのか……いつから……？」

「そんなのとうにわかっていましたよ。私はいまこそ家政夫をやっていますが、以前は四十年近くも高羽旅館で接客業に従事していたんですよ。お客様がなにを求めているか、言外に含まれたなにかをいかに素早く察するか、老舗旅館の名を汚さぬようにそれはそれは一心不乱に働いていました。そんな私からしたら、泰成さん一人の心情を読むことくらい、どうってことはないです」

「そ、そうだったのか……」

「まあ、泰成さんは無意識だったせいであからさまでしたしね。内田もたぶん気づいていますよ」

「ええっ？　そうなのか？」

ふたたび箸を持とうとしたが手が滑った。カラン、とばらばらに箸がテーブル上を転がる。

「実際に内田に確かめたわけではありませんけどね。あの男も鈍い方ではありませんから」

もう完全に食欲がなくなり、泰成は両手を膝に置いて俯いた。

自分が一番自分の気持ちに気づいていなかったらしい。情けなさに拍車がかかり、泰成はテーブルに肘をついて足を組んだ。ダイニングテーブルでこんなポーズを取ったことはない。子供のころから厳しく躾けられてきたし、優輝の前では正しい大人であるために行儀には気を配っていた。

照雄が黙って食器を片付けてくれる。泰成の食べかけの皿も全部下げ、熱いお茶を淹れてくれた。

湯気が立つ湯飲みを見下ろし、泰成はふと最悪なことを思いついた。

照雄と内田が気づいていたくらいだ。優輝は泰成の想いを知っていたのだろうか。もしかしたら、知っていたが故に家を出て行くことを決めたのではないだろうか。十六歳も年上の三十五歳になる保護者が、なにを勘違いしたのか恋情を抱いて束縛しようとしているのだ。

恐ろしくなって逃げ出したくなっても、なんら不思議ではない。

もっと最悪の事態を思いつき、泰成はゆっくりと青くなった。泰成が若い男が好きなゲイで、それが目的で引き取ったと誤解されたとしたら――。

(嫌われた、どころではなく……私は恐怖の対象になったのか？　それとも憎悪の対象か？)

湯飲みを持つ手が、かすかに震えた。

「照雄さん、優輝は俺の気持ちに気づいているのか？」

「さあ？　知りたかったら、直接本人に尋ねたらどうでしょう」

「……難しいことを言うね」

みずから死刑宣告を受けに行けと言われ、泰成は「ちょっと無理かも」と弱音を吐いた。

ピンポーンと呼び鈴が鳴った。照雄がダイニングのインターホンで対応すると、内田の声が聞こえてくる。もう迎えの時間になっているようだ。

「泰成さん、支度をしてください」

照雄に促されて、のろのろと立ち上がる。二階への階段を上がりながら、徐々にモチベーションを上げていく。意識的に気持ちを仕事に向けないと、なにも手につかなくなりそうだった。

寝室と繋がっているウォークインクローゼットでスーツを着ると、姿見に全身をうつした。オーダーメイドのスーツを着た三十代の男がそこにいる。冴えない顔色をしていた。

「しっかりしろ、泰成」

自分に向かって叱咤《しった》する。たとえプライベートで悲劇が起ころうとも、経営者は頭を切り替えてビジネスに向かわなければならない。せめて仕事はきちんとしよう。優輝が自分に失望したとしても、いつか振り向いてくれるかもしれない。見直してくれるかもしれない。

ゆっくりと深呼吸してから、泰成は一階へ降りた。

◇

相談したいことがある、と遼太郎に呼び出され、優輝は大学キャンパス内のカフェテリアで待っていた。

待ち人が現れるまでと思って、内田とメールでやり取りする。一人暮らしをするにあたって、賃貸アパートの相談を内田にするようにと泰成に言われたので、優輝はさっそく翌日に連絡を取った。

優輝自身も大学近郊の不動産屋を回って、すこし物件を探してみた。しかし結果は芳《かんば》しくない。季節が悪いと、不動産屋の営業マンに言われてしまった。やはり物件がたくさん出るのは二月から三月で、もうすぐ六月になるといういまは中途半端な時期だった。

内田が知人の不動産屋を当たってくれていて、ときどきめぼしい物件をメールで伝えてくれる。泰成が条件として出した、管理会社の信用度からはじまりセキュリティ、周辺施設、周辺住民等をクリアしたものだ。どれもこれも家賃が高い。どうやら泰成は家賃には上限を設けていないらしく、とんでもない金額の分譲マンションまで候補に挙がってきていた。

携帯電話の画面でそれらを眺めながら、どうしたものかとため息が漏れる。

こんなに贅沢な部屋で一人暮らしをするつもりはない。ごく一般的な、大学生にふさわしいワンルームでいい。エレベーターなんていらない。風呂トイレが共同だとすこし不便かなと思うけど、それでもいい。

(でもそんなこと言ったら、泰成さんが怒りそう……)

せっかく一人暮らしを許してくれたのに、ここで機嫌を損ねたら全部ナシになりそうだ。こんな分不相応な部屋に住めない、と突っぱねて強引に家を出て経済的な援助も断って、一人で生きていく選択肢もあるにはある。その場合は学費を工面するために奨学金を申請するしかなくなるだろう。

　けれど、それは泰成の顔に泥を塗るのとおなじだ。引き取った遠縁の子が経済的に困窮してその日暮らしをしていると世間に知られたら、恰好《かっこう》の中傷ネタになる。泰成に迷惑をかけられない。

　泰成を怒らせないように、どう説得したらいいだろう――と考えていると、遼太郎がやってきた。

「ごめん、待った？」

「いや、僕が早く来ただけ」

　遼太郎はすっかり普通の大学生になった。つい半年前までの柔道一直線高校生の面影はなくなっている。百八十五センチの長身はそれだけで目立つのに、いまどきのヘアスタイルとすっきり整った顔立ちは、カフェテリア内の女子学生たちの視線を集めていた。

　それに気づいているのかいないのか、遼太郎は表情を変えることなく優輝の正面の椅子に座った。二人用の小さなテーブルに向かい合う。

「あのさ、頼みがある」

「珍しいね、遼太郎が僕に頼みなんて」

「ものすごく言いにくいことなんだけど……。六月半ばが香織の誕生日だろ」

「うん、知ってる。そのためにバイトを頑張っているんだもんね」

「俺、いままで柔道にかまけて、香織のことほったらかしだったから今年はちゃんとやりたくて」

遼太郎が浅黒い頬をほのかに赤くした。

「どんなプレゼントするの？　ずーっとバイトしていたから、ずいぶんと貯まったんじゃない？」

「貯まった。その金で、豪華ホテルでディナーとか、どうかなと思ってて……」

「うわぁ、ベタだなぁ」

思わず笑ってしまったが、遼太郎は怒らなかった。もしかしたら遼太郎の独断ではなく、香織のリクエストなのかもしれない。

「それで、その……その夜は、ホテルで一泊できないかな……なんて……」

さらにカーッと耳まで赤くなって、遼太郎が俯く。両手の指をもじもじと絡めさせているところが可愛い。

「いいんじゃない？　きっと香織ちゃん、喜ぶよ」

まだ清い関係なんだと憤っていたくらいだから、誕生日にホテルで豪華ディナーをしたあと、そのまま一泊なんて素敵だ。素晴らしい夜になればいいと思う。

「ここからが本題なんだ、優輝」

「うん？」

そうか、頼み事があるといって呼び出されたのだった。

「高羽ホテルグループのどのホテルでもいいから、スイートルームを予約したい」

「えっ……」

予想していなかった頼み事だった。でも、と優輝は首を捻《ひね》る。

「……ホテルの予約って、よく知らないけど……いまはネットで手軽にできるんじゃないの？」

「それがさ、俺が世間のニュースに疎かったせいで出遅れたんだ。運がいいのか悪いのか、ちょうど香織の誕生日が土曜日で、以前、高羽ホテルグループの公式サイトで予約状況を調べたときは半月前でもスイートは空室があったのに、いまは三ヶ月先まで満室なんだよ」

「どうして？　半月後に、なにか大規模なイベントがあったっけ？」

「ちがう。いま高羽ホテルグループってイタリアブランドとコラボしてるだろ。スイート限定で。だからだよ」

「そういえば、ニュースで見た……」

その件で泰成が会見をしている映像が瞬時によみがえってくる。数え切れないほどのフラッシュを浴びながら優雅に微笑んでいる泰成は、別世界の人のように輝いて見えた。老舗テーラーで誂《あつら》えたスーツは彼のスタイルの良さを際立たせ、穏やかながらも凛《りん》とした気品のある佇まいにドキドキした。

ただでさえ経済界では若きホテル王などと呼ばれて注目されているのに、こんなふうに全国ニュースでその姿が流されてしまったら、泰成の格好良さが広く知れ渡ってしまう、と優輝しか問題にしないだろうどうでもいいことでヤキモキしたのだ。

「そのイタリアブランドを香織が好きなんだ」

「香織ちゃんが？　ブランドとは無縁だと勝手に思っていたよ」

「どうも大学入学の祝いに、従姉《いとこ》のお姉さんからそのブランドのバッグを贈られたらしい。見せてくれたけど、たしかにカッコいいんだよ。大人の女って感じで。それで一気にハマっちゃって、今後は自分で買いたいって、香織もバイトをはじめるみたいだ」

　高校時代の香織は海外の高級ブランド品なんて興味ないように見えていたが、単によく知らなかっただけなのかもしれない。

「俺、どうしてもコラボスイートに香織といっしょに泊まりたい。香織をびっくりさせて、喜ばせてやりたい。だからスイートの予約、どうにかならないか？」

　気持ちはわかる。しかし、優輝は泰成の家に同居しているだけで、立場はあくまでも居候で養子縁組をしているわけではない。なんの権限もなかった。

　とはいえ、親友の一世一代の大事な日、大切なイベントに関わる頼みだ。無下にはできない。

「……ちょっと、内田さんに聞いてみる」

　彼ならどうにかしてくれるかもしれない。メールにすると長くなりそうなので、電話をかけてしまおう。優輝は携帯電話を片手にカフェテリアを出る。遼太郎が窓から気遣わしげにこちらを見ているから手を振って笑ってやり、内田に電話をかけた。

『もしもし、どうしました？』

　ついいましがたメールでやり取りしていたのに電話をかけたのだ。不審に思われても仕方がない。

「お忙しいところ、突然電話してごめんなさい。じつは——」

手短に、ザッと事情を説明した。

「無理を承知でお願いします。軍資金はたっぷりあるみたいなので、多少高くても大丈夫だと思います。なんとかなりませんか？」

『なんとかなると思いますよ』

あっさりと内田が請け負ってくれた。さすが社長秘書だ。

『ホテルや旅館は、表向き満室でもかならずいくつかの部屋は非常時のために空けてあるものなんです。コラボスイートがご希望ということですね。親しくしている男が支配人をしているホテルがあるので、そこに頼んでみます』

「ありがとうございます！」

『ただし、私は口利きをするだけです。社長の身内である優輝君のご友人が宿泊する予定だと、あなたの名前を出します。よろしいですか？』

「わかりました」

通話を切ってすぐに、優輝は窓を振り返ってＯＫサインを出した。遼太郎が満面の笑みになり、カフェテリアから飛び出してくる。

「ありがとう、ありがとう、優輝！」

「お礼なら内田さんに言って」

「今度、内田さんの電話番号を教えてくれ」

素直に喜びを表現する遼太郎に、優輝はせめて友人たちはうまくいってほしいなと、祈るような気持ちになった。ちょっと羨ましい。好きな女の子に誕生日プレゼントを贈るためにせっせとアルバイトに励み、一喜一憂している様子がとても楽しそうだ。

妬ましい目で見ていたのかもしれない。遼太郎が「どうかした？」と問いかけてくる。

「いや、遼太郎がすごく楽しそうだから、羨ましいなと思って……」

「あー……、優輝は……まあ、そうか」

遼太郎がすっと視線を逸らした。それだけで香織が『はっきりと話し合ったことはないよ。でも、なんとなくは察していると思う』と言ったのが当たっていたとわかった。

遼太郎の気まずそうな横顔に苦笑し、優輝はできるだけあっさりと報告した。

「僕、近いうちに一人暮らしすることになったから」

「えっ、マジで？」

目を丸くした遼太郎に、うんと頷く。

「本気であの家を出るのか？」

「いま大学の近くで物件を探しているところ」

「……よく泰成さんが許したな……。あの人、ものすごく優輝に対して過保護だろ。一人暮らしなんてさ……」

「僕ももっと揉めるかと思ってた。どうやって泰成さんを説得しようかなっていろいろと考えていたんだけど、わりとあっさり許可してくれて」

あの夜の泰成の様子は、どう見ても「あっさり」という感じではなかったが、優輝はもっとこじれるのではないかと予想していた。何日にもわたって議論を重ねるかも、と考えていたので、それに比べたら「あっさり」だったのだ。

「しかし、一人暮らしか……。いいなぁ、羨ましいよ。やっぱ家から通える範囲だからさ、うちの親は絶対に許してくれそうにない。ボロいワンルームでも一人暮らしにかかる金は交通費より断然高いだろ」

「遼太郎が一人暮らしなんかしたら香織ちゃんが入り浸りそうだから、そういう点でも許可が下りないかもね」

「い、入り浸りなんて、そんなことには……」

遼太郎が顔を赤くして俯く。二人は中学生時代からの付き合いになるので、両家の親は当然知っている。気安くおたがいの家を行き来しているくらいだ。

「あ、でもさ、なんでこんな中途半端な時期に？　家を出るなら年度末とかの方が、いろいろと物件が選べたんじゃない？」

「そうそれが失敗かなと思っているところ。いま学生用の物件がほとんどないみたいで、内田さんに頼んで探してもらっている。自分でも周辺の不動産屋を回ったけど、安くて便利なところはみんな埋まっちゃっているね」

「なんかきっかけがあった？」

さすが長い付き合いの遼太郎は鋭い。優輝がこんな時期に決断したのには、やむを得ない理由があると思ったのだ。

優輝はしばらく躊躇ったあと、遼太郎を見上げた。秘密を胸に抱え続けるのは苦しいものがある。

ほんのすこしだけ、触りだけなら喋ってもいいだろうか――。

「……泰成さんに言わないって、約束してくれる？」

「約束する」

「ある人に……言われたんだ。いつまで泰成さんの家にいるつもりなんだって」

「そんなこと言うヤツがいたの？　嫌なヤツだな」

嫌なヤツ。端的に表現されたその一言に、優輝は胸のつかえがフッと取れたような感覚になった。

「……嫌なヤツ、なのかな……」

「あきらかに嫌なヤツだろ」

「そうか。そう思ってもいいんだ」

「なに言ってんだ？」

不思議そうに首を傾げる遼太郎に、優輝は笑みを向ける。

弥生はあのとき正論をぶつけてきた。間違ってはいなかった。けれど、彼女の言葉には泰成と優輝、そして照雄が大切に過ごしてきた、五年近くにわたる時間の重みへの思いやりが微塵もなかった。

その点だけは違和感があったから、遼太郎が「嫌なヤツ」と辛辣に評してくれたおかげで、ちょっとだけ胸がスッとしたのだ。

「優輝、それ、だれが言ったか聞いてもいいか？」

「えっ……と、それは言えない。でもまあ、僕の事情を知っている関係者」

さすがに弥生の名前は出せない。「ごめん」と謝罪した優輝に、「おまえが謝ることはないだろ」と遼太郎はため息ひとつで追及を諦めてくれた。

「優輝が一人暮らしか……。大学の近くなら、俺は気楽に遊びに行けるようになっていいけど、泰成さんと照雄さんは、きっと寂しくなるだろうな」

僕も寂しい、と優輝は心の中だけで呟いた。

◇

便利な世の中になったものだ――と、泰成はＰＣの画面にうつっているイタリア人男性に話しかけながら心の中で呟く。

期間限定で開催中のイタリアブランドとのコラボ企画は、評判が良かった。高羽ホテルグループのコラボルームは予約段階で満室になっている。エントランスロビーやスカイラウンジもそのブランドの特徴的なカラーやロゴをあしらっているので、一目見てみようと足を運んでくれる客もいた。金と手間がかかったが、集客効果はじゅうぶんあった。

そこで来年もいまの時期になにかコラボ企画を立ち上げよう、とブランド本部とやり取りをしていたのだ。直線距離で九千キロ以上もある遠い国にいる人物と、こうして顔を見ながら会話ができるのだからすごい。何度もこの方法で国際的な会議をしてきたが、そのたびに泰成は感心する。

『では企画については担当者を決めてからまた連絡します』

泰成が流暢《りゅうちょう》なイタリア語でブランドデザイナーにそう言うと、彼は『わかった。ではまた後日』と笑顔で回線を切った。

ひとつ息をついたところで、内田が横からコーヒーカップを差し出してきた。電話が終わるタイミングを読んで、淹れてくれたらしい。

「ありがとう」

泰成の好みを熟知した内田が淹れてくれたコーヒーは、苦みも濃さも温度もちょうどよかった。優輝が夕食後に淹れてくれたコーヒーの方が香りが良かったような気もするが……。

コーヒーを飲みながら、社長室の窓から外を眺める。高層階にあるので地上までは見えない。ただ空が、目の前に広がっている。六月も半ばにさしかかり、今日は梅雨の谷間で晴れている。初夏らしい夏を予感させる日差しと白い雲を、ぼうっと見た。

優輝はまだ家にいる。一人暮らしの準備状況は、内田がときどき報告してくれるので知っていた。

時期が悪かったために大学近くの便利な場所に賃貸アパートが見つからず、結局は交通の便があまり良くない地域の物件に決めたそうだ。大学まで徒歩で行くには遠いので、自転車通学になりそうだと聞き、「じゃあ車を買ってあげよう」と余計な言葉が喉元まで出かかった。

まだ自動車教習所にも通っていないのに、車を買ってやってどうするというのか。そもそも駐車場の確保が難しいだろうし、近所の商店街まで買い物に行くくらいなら車はむしろ邪魔だろう。

こういうところがダメなんだと自己嫌悪した。

優輝の人間力を信じて、極力口出しせずに、しばらく様子を見てみようと決めたばかりなのに。

（……でも、前みたいに他愛のないおしゃべりをしたい……）

毎日の習慣のようになっていた夕食後のリビングでの語らいが、もうずっとない。優輝が家を出て行くと宣言してから、食事が済むと三階の部屋に行ってしまうようになったのだ。朝の口数が少ないのはまだわかるが、夜、泰成が帰宅したあとに玄関まで出迎えに来てくれることまでもなくなった。

照雄が玄関で待っていたときは驚いた。なんの予告もなく、優輝から照雄に交代したのだ。もともと優輝が家に来る前は、照雄が担っていた役目だった。元に戻っただけだ。

しかしいきなり出迎えをやめた理由はなんなのか、泰成は聞いていない。照雄に聞いても「さあ、どうしてでしょう」と意味深に笑うだけで口を割りそうになかった。本人に聞きに行くのは躊躇してしまう。前から面倒くさいと思っていたなんて答えられたら、地の果てまで落ちこんでしばらく立ち直れなくなりそうだった。自分がショックを受けるのが怖くて、真意のほどはわからないままになっている。

（やはりこれは、優輝に避けられているんだろうな……）

一つ屋根の下に住んでいるというのに、あまり顔を合わせなくなった。

（完全に嫌われたか――）

愛する者に嫌われたことを認めるのは辛い。仕事に没頭していれば一時でも忘れられるが、こうして休憩しているとき、ふとした心の隙間に優輝の顔がチラつく。

泰成はこんな片想いははじめての経験で、意外と精神力の消耗が激しいことに驚いている。補給がしたい。優輝の補給。

泰成は私用の携帯電話をデスクの引き出しから取り、保存してある写真を見つめた。笑う優輝、真剣な顔の優輝、目を伏せている優輝、空を見上げている優輝。どれもこれもみんな綺麗だ。横顔のすっきりとした線もいい。もちろん泰成を見つめている黒い瞳も好きだ。

（ああ、可愛い……）

抱きしめたい。ぎゅっと抱きしめて、頬ずりして、頭をぐりぐりと撫で回して、抱っこしてどこへでも運んでやりたい。優輝を膝に乗っけておしゃべりしたい。首元に顔を埋《うず》めて思い切り匂いを嗅ぎたい。別れて暮らすなんて考えられない。ずっとそばに置いておきたいのだ。いつでも優輝の顔を見ていたいのに。

「内田、ちょっと聞いていいか」

「なんでしょう？」

社長室の隅に置かれた秘書用のデスクで事務作業をしていた内田が顔を上げる。

「優輝の一人暮らしの準備は、どれくらい進んだんだ？」

「昨日報告したばかりですので、それから進んでいません。今日はまだ一度も優輝君と連絡を取っていませんし」

内田がそっけなく言い放ち、さっさと事務作業に戻ってしまう。取り残されたように、泰成は社長のデスクでぼうっとした。

昨日、たしかに報告を受けた。というか、ほぼ毎日、進捗状況を聞いている。この件に関して、内田は泰成に冷たい。泰成の頼みなので賃貸物件を探してくれているが、高羽家から優輝が出て行くことに賛成ではないからだ。

（だったら優輝を引き留めてくれよ。なんとか説得してくれよ）

そう思わずにはいられない。けれど内田は優輝の気持ちを優先しているのか、本人にはなにも言わずにただ物件探しに協力しているだけのようだ。

だれか優輝を引き留めてくれないだろうか。遼太郎の坊主頭が思い浮かんだことはあるが、きっと優輝の味方だろうから泰成の気持ちを汲《く》んではくれないにちがいない。このまま離ればなれになりたくない。一番優輝を愛しているのは自分だ。気持ちだけはだれにも負けない自信がある。

身を焦がすほどの恋情というものを、泰成はこの年になってからはじめて経験していた。

いまになって、よく露天風呂に優輝と二人で入れたなと思う。自分の気持ちを自覚してしまった現在では、不可能だ。冷静でいられるわけがない。いや、あのときも厳密にいえば冷静ではなかった。優輝の裸が輝いて見えて、ドギマギしていたのだから。

あれは約一月《ひとつき》前のこと。それからずいぶんと優輝との関係が変化した。

はぁ、と切ないため息をこぼしたときだった。手の中の携帯電話がブルブルと震えて、画面に母親の名前が表示された。めったに電話をしてこないのに珍しい。また実家の旅館まで泊まりにこいという誘いだろうか。

「もしもし？」

『泰成、元気？』

「ああ、まあ、元気ですけど、なにか用事ですか？」

『優輝君はどうしているの？』

「優輝ですか？　優輝は……元気ですよ。毎日、真面目に大学に通っています」

『あら、そうなの。へぇ……あいかわらず家にいるときは三輪の手伝いをしているのかしら？』

「高校時代ほどではないですけど、していますよ」

『そう……』

電話の向こうで弥生が黙る。妙な沈黙だなと不審に思った。

「それがどうかしたんですか？」

『ずいぶんと三輪の手伝いをしているようだから、三輪が家政夫を引退したあとは、あの子が替わりになるつもりなのかしら？』

「それはないでしょう。優輝からそうした話を聞いたことがありません。私もべつにそんなことは望んでいません。照雄さんが高齢を理由に引退するときが来たら、まただれかを雇います。優輝は普通に就職させますよ」

『本当に？』

「優輝の意志を確かめたわけではないですけど」

『確かめた方がいいんじゃない？』

おかしい。母親が優輝のことをこんなふうに尋ねてきたことなど、いままでなかった。先月、久しぶりに会ったので動向が気になるのだろうか。それにしては引っかかるものがある。

母親が聞きたいのは、もっと別のことなのではないだろうか。

「母さん、優輝が気になるんですか？」

『あなたが引き取った子ですからね、気になるに決まっているじゃない。将来のことだって、あの子はどうするつもりなのかしら、息子はどこまで面倒を見るつもりなのかしらって、あれこれ考えちゃうわ。気になってはいけないの？　私はこれでもあなたの母親なんですけど！』

キレ気味に大きな声でまくしたてられ、泰成は携帯電話を耳から離した。母親のこのトーンの声が苦手だ。うるさい。

「母さん、あのですね――」

『もういいわ。またね』

一方的に通話を切られてしまった。表示された通話時間をじっと見つめ、泰成は母親の不審すぎる電話について考えた。

母親と優輝は五年前に一度会ったきりだった。そして先月の二度目。離れに泊まりにこいと誘われて浮かれて行ってしまったが、母親にはなにか目的があったのだろうか。

（そういえば、兄さんから連絡がないな……。それとなく母さんから聞き出してほしいと頼んであったが……）

もともと大雅はそうした策士めいたことは苦手だ。嘘がつけない正直者で、老舗旅館の経営者としてはどうかと思われていたくらいだ。しかし蓋を開けてみれば、そんな若旦那をみんなで支えていこうという団結心を従業員に与えることになった。大雅のあの人柄は、みんなに慕われている。

（兄さん、俺の頼みを忘れていたりして）

このところの習い性になってしまっているため息をつき、私用の携帯電話をデスクの引き出しにしまった。休憩を切り上げて、そろそろ仕事に戻らなければ。

明日の土曜日は完全に休みにしてある。照雄に探りを入れて、優輝も外出予定がないことは聞いていた。きちんと向き合って話をしたい——というか、優輝不足で死にそうなので、あの可愛い顔を見つめながらおしゃべりがしたいのだ。

そのためにも今日の予定はすべて今日中に終わらせなければならない。泰成は深呼吸してからＰＣ

に向き合った。

その翌日、いつもの時間に起きて優輝との時間をたっぷり作ろうと張り切っていたのに、体は疲れていたのか、うっかり二度寝してしまった。九時過ぎに起きた泰成は、優輝がすでに朝食を終えて出かける支度をしているところに出くわした。

「あ、おはようございます、泰成さん」

「……おはよう。もう出かけるのか？」

優輝はいつも大学に行くラフな格好ではなかった。泰成が昨年のいまごろに買ってあげた、麻のジャケットと白いパンツというファッションだ。二人でちょっと気取ったレストランで食事をするとき用にと、購入したものだ。

すっきりと整った顔立ちの優輝は、これを着るとノーブルで大人っぽくなって、高校生には間違われなくなる。どこからどう見ても好青年だった。眩しいくらいに。

「今日は一日家にいるんじゃなかったのか」

「昨夜、遼太郎から連絡があったんです。たぶん夕方には帰ってこられると思うので、照雄さん、夕食は家で取ります」

台所から出てきた照雄にそう声をかけ、優輝はこれも泰成が買ってあげた革のスニーカーを履いて出かけて行った。後ろ姿を見送り、泰成は恨めしく照雄を振り返る。

「優輝は今日出かける予定はないと言ったじゃないか」

「すみません。本当に昨夜の遅い時間に、急に遼太郎君から呼び出しがあったみたいなんです。私が聞いたのは今朝になってからで。今日はどうやら香織さんの誕生日のようですよ」

「ああ、あの子か」

　大学近くのコーヒーショップで醜態を晒したときのことがよみがえってきて、泰成は顔をしかめた。

「三人で祝うわけではないみたいですが、たぶんプレゼントのことかなにかで遼太郎君から頼まれごとでもあったんでしょう。夕食はいっしょに取れるみたいですから、それで勘弁してください」

「いや、照雄さんを責めているわけじゃない……」

　もごもごと言い訳をして洗面所に向かう。

「朝食はどうします？　用意しましたが」

「食べる」

　夕方まで暇になってしまった。泰成は洗面所で顔を洗いながら、なにをして時間を潰そうかなと憂うつになった。

◇

隆太郎に呼び出された優輝は、銀座でイタリアンを食べていた。テーブルの向かい側には遼太郎がいる。優輝がパスタを、遼太郎がピザを注文し、仲良くシェアした。

土曜日のランチタイムだ。店内は女性グループかカップルばかりで、男二人組は優輝たちしかいない。料理をシェアしている二人を、周囲の女性客たちがちらちらと見ていた。

「俺の食べ方、どこか変なのかな？」

遼太郎が視線に気づいて小声で優輝に尋ねてくる。さあ、と優輝は首を傾げた。

「俺の格好が変とか？」

「変だとは思わないよ。カッコいいじゃん」

「えへへ、ありがと」

照れ笑いしてピザにかぶりつく遼太郎は、この日のために新調したというシャツとジャケット、パンツで決めていた。背が高くてスタイルがいいため、どこかのモデルのように様になっている。とても半年前まで使いこんだ道着に黒帯を締め、汗だくになっていた坊主頭の百キロ級だとは思えない。

（大学で遼太郎を知った人たちは、だれも信じないだろうな）

これだけ様変わりしたら香織が他の女性を警戒してしまうのも頷ける。大学だけでなくアルバイト先でも、色っぽい年上女に迫られていやしないかと、香織は一日に一回は優輝にメールで愚痴ってくるのだ。けれどそんな言いがかりっぽい取り越し苦労を、直接遼太郎にぶつけない理性的なところがある香織だから、愚痴を聞くくらいはしてあげようと思ってしまう。

「もっと注文していいぞ。ここは俺の奢《おご》りだから」

「本当にいいの？　自分が食べた分は自分で払うけど？」

「今日はわざわざ出てきてもらったんだから、いいんだよ。用事はなかったのか？」

「ああ、うん、大丈夫」

泰成が優輝と一日たっぷり過ごそうとしていると、照雄に聞いていた。それを避けるつもりはなかった。ちょっと気詰まりではあるけれど。

しかし遼太郎のたっての頼みとあらば、半日くらい外出してもいいかなと判断したのだ。

「いやぁ、昨日の夜に内田さんから電話がかかってきたときは、えっ？　て思ったけど、よく考えたら当然だよな。俺も香織もまだ十九なんだからさ」

内田のおかげで遼太郎が望んだハイクラスの部屋が予約できたわけだが、直前になってからホテルのフロント担当者から内田に連絡があったらしい。宿泊予定者が大学生といえども十九歳なので、チェックインのときに名前が挙がっている優輝にホテルフロントまで来てもらえないか、ということだった。

ホテルは銀座《ぎんざ》にある高羽グランドホテル。ホテル自体がハイクラスで、さらにイタリアブランドとのコラボスイートに宿泊する。内田がコネで話を通してくれたのは、支配人だった。内田と旧知の仲だった支配人は二つ返事でスイートを押さえてくれたという。しかし現場に話が通っていなかった。ここは高羽ホテルグループとしての落ち度だ。

フロントの担当者は昨日になってから、宿泊予定の客が十九歳だと知り、支払い能力があるのか、本当に高羽家の身内なのか、宿泊させても問題はないのか——と、支配人に問い合わせた。支配人が内田に連絡し、内田が遼太郎に知らせてきた。

遼太郎は昨日の夜遅くなってから優輝に「チェックインについてきてほしい」と頼んできたというわけだ。

優輝の存在を知っているホテルスタッフがいたら簡単な話だった。今回、支配人に確認したフロントスタッフは、たぶん優輝を知らない人なのだろう。でも仕方がない。グループ内で数年置きに異動があり、従業員は経験を積むために国内のホテルをぐるぐる回る。優輝は銀座の高羽グランドホテルに行ったことはあったが、館内のレストランを利用しただけで、泰成に挨拶をする支配人と副支配人を横で見ていただけだった。

事情を聞いた優輝は、パスポートと顔写真入りの学生証を持ってきている。

「さすが高羽グループのホテルだよな。これがラブホやそのへんの安いビジネスホテルだったら、料金さえ払えば普通に泊めてくれるよ。ハイクラスのホテルって厳しいんだな」

「そうだね。やっぱりホテルの質を落としたくないんじゃないかな」

遼太郎は難癖つけられた、と気分を害することなく、ただホテルのフロント担当に感心している。

高羽ホテルグループの社員でもないのに、優輝はその点にホッとした。

「香織ちゃんとは何時に待ち合わせなんだ？」

「待ち合わせはしてない。家まで迎えに行く。いまごろは家で家族だけの誕生日パーティーをしているはずだから、そのあとは俺と、って感じ」

「じゃあ、その前にチェックインを済ましておくんだな？」

　ホテルのフロントで自分の役割を果たしたあとすぐ帰れば、泰成に言ったように夕方には家に戻れる。夕食は照雄と三人で取りたい。

　食事を済ませてイタリアンの店を出た。ホテルのチェックインの時間にはまだ早い。遼太郎は周辺の散策をしたいと言った。こんなに早く集合したのは、最初からホテル周辺の下調べをするつもりだったらしい。

「下調べって……」

「おまえは泰成さんに何度も連れられてきて銀座なんて慣れているかもしれないが、俺はほぼはじめてなんだぞ。どこになにがあるのか、だいたいのことは把握しておきたい。香織と二人で迷子になるわけにはいかないだろうが」

　好きな女の子の前ではカッコつけたいわけだ。たしかに遼太郎は柔道しかしてこなかったから、こんなところを歩いた経験はないはず。

「俺を案内してくれ」

「僕もそんなに詳しいわけじゃないよ」

「いいから」

仕方がない。それから二時間ほどあちらこちらを歩き、ウィンドウショッピングをした。遼太郎と二人で銀座をブラついたことなどはじめてで、意外にも楽しかった。

そろそろホテルに行こうか、と高羽グランドホテルに足を向ける。

「優輝は泰成さんとホテル内のどの店に食べにきたんだ？」

「二階にある中華のお店がすごく美味しくて」

「へぇ、そうなんだ。機会があったら食べてみたいな。今回は食事付きだからさ」

「エグゼクティブフロアのタワースイートなんてすごいよ。窓から東京タワーが見えるんだって？しかもロイヤルアニバーサリープランってなに。特別ディナーまで用意してもらって。遼太郎、明日から無一文になるんじゃない？」

「それマジだから、あんまり突っ込まないで」

笑いまじりのおしゃべりをしながらのんびり歩いて、ホテルに到着した。エントランスを入ってすぐ、異空間が広がる。ピカピカに磨きこまれた黒い床に天井から吊《つる》されたシャンデリアがうつりこんでいた。正面には屋内だというのに幅五メートル、落差二メートルほどの滝が作られていて、涼しげな水音が聞こえる。滝の水は浅い池に流れ、そこには本物の菖蒲《しょうぶ》が何十本と咲いていた。

あいかわらず日本的な演出がうまい。ロビーラウンジのソファから滝と菖蒲を眺めている外国人観光客らしき老夫婦がいた。

遼太郎が平気な振りをしながらも隣で「うわぁ」とか「すげぇ豪華」と呟いているのを無視して、

まっすぐフロントへ歩み寄る。運がいいことに、優輝と顔見知りの従業員がいた。泰成くらいの年ごろの副支配人・藤森《ふじもり》だ。その横には、まだ二十代半ばと思われる初対面の若い従業員もいる。左胸にネームプレートをつけていて、瀬戸《せと》と書かれていた。

「いらっしゃいませ」

副支配人がにこやかに声をかけてくれたので、優輝も「こんにちは」と笑顔で返した。副支配人は遼太郎に視線を向け、「いらっしゃいませ」と丁寧に頭を下げてくれる。

「お久しぶりです、優輝さん」

「今回は無理を言ってすみませんでした」

「いえ、とんでもない。お役に立てたようで嬉しいです。そちらがご友人ですか」

「僕の友人の安井遼太郎です」

遼太郎が緊張のあまりぎくしゃくと頭を下げる。

「よろしくお願いします」

「こちらにサインをしていただけますでしょうか」

瀬戸が宿泊者カードをカウンターに出した。遼太郎が真剣な表情で書きこみはじめる。

「わざわざ優輝さんに来ていただくようなことになってしまい、申し訳ありません」

「大丈夫です。今日は特に用事はなかったですし、友人がとても緊張しているので、まあ付き添いのような感じで」

優輝は藤森と目を見交わして、ふふっと笑った。

「本日、支配人の小笠原《おがさわら》は出張で不在でして――」

「そんな、気を遣わないでください。僕は高羽本家とは血が繋がっているのかどうかわからないくらいの遠縁で、本当にただの居候なんですから」

「なにをおっしゃいますか。社長はそんなおつもりではないと思いますよ」

そう言われると反論できない。大切にされているのは事実だから。

「優輝、優輝」

袖を引かれて遼太郎を見た。カードキーを手に、困惑顔だ。額に玉の汗をかいている。空調が効いていて暑いはずがないのに。

「どうした？　チェックインできたんだろ？」

「その……」

「カードキーの使い方がわからない？」

「いや、この人が部屋まで案内してくれるみたいだから、いっしょに来てくれ」

ベルマンの男性が遼太郎の斜め後ろに来ている。

「部屋まで？　僕も？」

なぜだ。

遼太郎はともかく、優輝が先に部屋に入ったりしたら香織が不快に感じるのではないだろうか、と夢見る女心を心配したが、遼太郎のテンパり具合も心配だった。ベルマンも困った顔をしているので、仕方なくついて行くことにする。

藤森と瀬戸に別れを告げて、三人で連れ立ってエレベーターホールへ向かった。

◇

土曜日の昼下がり、テレビをつけてもたいした番組は放送していない。ゴルフか、競馬か、プロ野球のデイゲームか。

泰成はリビングのソファにだらしない体勢で寝そべり、リモコンを手にしたまま欠伸をした。

「つまらん……」

呟いても相槌を打ってくれる人もいない。照雄は昼食の片付けをしたあと、自由時間に入った。夕食の支度まで家事は休みだ。住みこみの家政夫なので、どこかで区切りをつけないと一日中、三百六十五日、仕事をすることになってしまう。なので、平日も土日も、午後の昼下がりを自由時間と決めていた。出かけてもいいし、自分の部屋にこもっていてもいい。

泰成は一人でぼんやりとテレビを眺めた。ＢＳ放送の映画でも観ようかなとテレビ欄を探してみるが、やはり興味をそそられるものはない。

「優輝は何時に帰ってくるんだ？」

まだ三時前だが、そわそわして落ち着かない。いつ優輝が帰ってくるかわからないので、外出する気にもなれなかった。

いまどこにいるのか、それだけ確認しよう――と、泰成は携帯電話を手に取った。じつは本人の了承を得ることなく、優輝の携帯電話には現在地が泰成にわかるようなアプリが入っている。それを使えば、優輝がだいたいどこにいるのか把握できた。これがあるから、このあいだ大学近くのコーヒーショップで香織といっしょにいる優輝を見つけることができたのだ。道端を歩いていたならまだしも、店内にいる優輝を車で通り過ぎただけの自分が発見できるわけがない。

「ん？」

優輝の現在地は東京《とうきょう》駅の近くだった。駅近辺の地図が表示され、赤い点が示されている。そこに優輝がいるらしい。

「こんなところで、なにをしているんだ？　遼太郎から連絡があったんだよな？」

おかしい。地図を拡大していくと、それが建物の中だということが判明した。

「……え……？」

建物の名は、高羽ロイヤルホテル。なぜか、優輝がホテル内にいる。いったいどんな用事があれば、大学生になったばかりの十九歳が、ハイクラスのシティホテルの中にいるのか。

もしかしたらホテル内のレストランで食事をしているのかも……と思おうとしたが、午後三時になろうとしている時間では不自然だ。どの店もランチタイムが終了して中休みに入っているだろう。

遼太郎といっしょにいるのだろうか。香織の誕生日らしいから、部屋を借りて三人でお祝いでもしているのだろうか。いやでもさっき、照雄が「三人で祝うわけではないようですが」と言っていなかったか？

照雄の聞き間違いか、それとも予定が変更になったのか。

しかし、そもそも場所がホテルなのは、優輝らしくないような気がする。

優輝は贅沢を好まない性格だ。泰成は現金の小遣いの他、優輝名義の銀行口座にまとまった金額を入れてキャッシュカードを渡していた。クレジット会社の家族カードも作ろうと思えば作れるのだが、優輝が必要ないと断ってきた。

いくら友人の誕生日だからといってそこで散財をする発想はないように思う。いったいだれが金を出しているのか。

遼太郎とは何年も会っていないが、柔道に青春を捧げていた純朴な子供という印象しかない。香織のことはよく知らない――とはいえ、優輝が変わらずに仲良くしているのなら、それほど羽目を外すタイプではないにちがいない。

泰成は躊躇いつつも携帯電話内のアドレス帳を開き、高羽グランドホテルの支配人に電話をした。勤務中に持たせる連絡用のものだ。何回か呼び出し音を鳴らしたが出ない。今日は休みなのかもしれなかった。グループホテルの支配人のシフトをすべて把握しているわけではないからわからない。

つぎに副支配人に電話してみた。こちらはすぐに応答があった。

「藤森副支配人か？」

『社長、こんにちは。どうかされましたか？』

怪訝そうな声が返ってきた。それもそうだ、ＶＩＰが宿泊中でもないのにわざわざ社長が直接電話をかけてくることは、あまりない。

「そちらに私の身内が世話になっているようだな」

『ああ、優輝様ですね。さきほどチェックインなさいました』

チェックイン？　部屋を取ったということか？　なぜ？　どうして？

しばし愕然としてしまい、泰成は『社長？　社長？』と何度も呼びかけられるほど動揺した。

『どうかなさいましたか？　こちらになにか不備でも……？』

「いや、そういうわけではない……」

声が上擦りそうになるのを抑えつつ、泰成は回らない頭で必死に考えた。

優輝が部屋を取って、すでにチェックインしている。今日は香織の誕生日で、昨夜になってから遼太郎に呼び出されたと聞いた。それは本当なのか？　すべて嘘だったとしたら？

夕方には帰ってくるから夕食はいっしょに取ると言って出かけたのに――。

（そうだ、優輝は一人で泊まるのか？　だれか連れがいるのか？）

自分の発想に慄然としながら、泰成は言葉を選んで藤森に問いかけた。

「優輝は何階に部屋を取ったか、わかるか？」

『はい、わかります。私がチェックインに居合わせましたので。二十九階です』

「二十……」

エグゼクティブフロアだ。高羽グランドホテルは三十一階建てで、二十九階以上はスイートルームになっている。二十八階以下とはエレベーターが異なり、さらに専用のカードキーがないとそのフロアに到達できないようになっていた。

『お連れの方もごいっしょに、従業員がお部屋までご案内させていただきました』

頭を鈍器で殴られたような衝撃に、泰成は目眩を覚えた。

一人ではない。連れがいた。土曜日の夜に、優輝はだれかとスイートルームに泊まるつもりなのか。しかもこんなに早い時間にチェックインして、すでに部屋へ上がったと――。

だれだ？　それはいったいだれなんだ？

現在、国内のスイートルームはイタリアブランドとコラボ企画開催中だ。もしかして優輝はそのブランドが好きなのか？　だったら、言ってくれたら、自分が連れて行ったのに。優輝が喜ぶ顔を、自分こそが見る権利がある。

どこの女だ。大学で知り合ったのか？　香織の紹介で出会ったという馴れそめだったとしたら、一生、香織を許さない、遼太郎も連帯責任だ。

「その、優輝の連れに、私は会ったことがないのだが、どんな人物だった？　藤森副支配人の印象でいいんだが……」

『とても背が高い男性でしたね。社会人らしい貫禄《かんろく》を感じましたが、場慣れしていないようにも見えました。優輝様ととても仲がよろしいようで、時折笑顔を交わしていらっしゃいました』

男。まさかの、男。

泰成はもう息も絶え絶えで、リビングのソファに倒れこむ。あまりの衝撃に、呆然と天井を見上げた。また『社長？　どうかなさいましたか？』と藤森が呼びかけてきたので、適当に礼を言って通話を切った。

「男……。優輝が、男と、ホテル……。スイート……」

ソファにだらりと横たわり、出かけていった際の優輝の笑顔を思い返す。そこに、まだ見ぬ馬の骨のシルエットが重なってきて胸がムカムカしてきた。泰成の頭の中で、その馬の骨が優輝を抱き寄せている。

そんなまさか、と否定したい気持ちが強い。ただ泊まるだけだろう。その男は金を持っていて、きっと宿泊費を簡単に出せるのだ。それか、藤森がでたらめを言っているか——いや、実直な藤森がでたらめを言う理由がない。

ムカムカともやもやと、胸が張り裂けそうなほどの痛みに、泰成は泣きたくなってきた。

この五年間、大切に大切に育ててきた。人形のように表情がなく、青ざめていた痩せた顔の子供に、しあわせを与えたかった。やがて表情が出てきて、血色がよくなってきて、削《そ》げていた頬がふっくらとしてくる。笑うと可愛い。他愛のないおしゃべりが楽しい。照雄と三人で、本当の家族のようになってきて。

優輝は少年から青年へと成長した。

そして、泰成は優輝を愛するようになってしまった。

「……俺が悪かったんじゃないのか？」

溢れるほどの激アツな愛情が過保護と過干渉をエスカレートさせ、行き過ぎた束縛になり、優輝はこの家を出る決意をしたと思っていた。すべての元凶は自分だと。

けれどここで、あらたな事実が発覚。優輝と連れだってホテルにチェックインした男とはだれだ。その馬の骨が元凶なのではないか。優輝をたぶらかしたのではないか。優輝を自分から奪っていくのではないか……？

このまま優輝が帰ってこなかったらどうする。夕食を家で取ると言ったのに、その馬の骨とスイートルームで過ごすために帰ってこなかったら。朝帰りだったらどうする。許すのか？　おかえり、遅かったな、と迎え入れるのか？　どこの馬の骨と一夜を明かしたかわからないのに？

実家の露天風呂で見た、あの美しい体に――クソ馬の骨の汚れた手が触れたかもしれないのに？

「許せるか、そんなこと！」

泰成はガバッと起き上がり、リビングを飛び出した。一階の一番奥にある照雄の部屋まで走って行く。ドアをガンガンとノックして、「迎えに行ってくる！」と叫んだ。

「どうしました？　迎えってなにが？」

照雄が驚いた顔でドアを開けた。

「優輝を迎えに行ってくる」

「えっ？　夕方には帰ってくると言っていましたよね？　連絡があったんですか？」

「ないよ、そんなもの！」

「ではどうして」

「いまホテルにいるんだ。銀座の高羽グランドホテル。馬の骨といっしょにいる。放っておいたら今夜は帰ってこないかもしれない。そんなことは、許せないだろう？　なあ、許せないだろう？」

「ホテルですか？　高羽グループの？」

「迎えに行ってくる」

「え、泰成さん、ちょっと……！」

照雄が引き留めようとしてきたが無視して玄関に突進する。ラフな部屋着からハイクラスのホテルへ出かける用の服に替える余裕などなかった。当然、靴も選べない。たたきに出しっぱなしになっていたものに足を突っこみ、シューズボックスの上の籠から車のキーを摑んだ。

「待ってください」

その腕を、追いついてきた照雄が摑む。止めるのかと振り返って睨んだら、ちがっていた。

「いまの泰成さんは冷静ではありません。自分で車の運転をしていては危険だと思います。外でタクシーを拾ってください」

キーを奪われてムカッとした。だが制止されたわけではない。仕方なく財布と携帯電話だけを鷲掴《わしづか》みにして外に出た。住宅街の中で空車のタクシーなどめったに走っていない。大通りまで早足で移動し、両手を振り回して流しのタクシーを止めた。

「銀座の高羽グランドホテルまで」

運転手にそれだけを告げて押し黙る。

休日に、こんな心境で自分が経営しているホテルに行くなんて。

後方へと流れていく景色なんて目に入らない。ただ頭の中は優輝のことでいっぱいだった。


タクシーが高羽グランドホテルの車寄せに入ると、二人のドアマンが素早く歩み寄ってきた。泰成は運転手に「釣りはいらない」と数枚の紙幣を渡し、さっさと降りる。

「荷物はない」

ドアマンが泰成の顔を知っているかどうかなんて構わずに、自動ドアを肩でこじ開けるようにしてエントランスロビーに入った。まっすぐにフロントのカウンターへ向かう。

副支配人の藤森はいなかった。若い男性スタッフがにこやかに「いらっしゃいませ」と会釈してくる。瀬戸と書かれたネームプレートをちらりと見た。

「藤森副支配人は？」

「いま席を外しております。藤森のお知り合いでしょうか？」

　知り合いだから名前を出している。イラッとして、「君は私の顔を知らないんだな。高羽ホテルグループに入社して何年だ？」と居丈高に言ってしまった。

「……二年です。あの……？」

　瀬戸は泰成の顔をまじまじと凝視し、どこかで見た顔だ……とでも言いたげな表情になる。

「社長の高羽泰成だ」

　泰成の方が焦《じ》れて、すぐに名乗った。瀬戸は「ああ！」と頷き、青ざめた。

「申し訳ありません、私は――」

「優輝は二十九階の何号室だ？」

「はい？」

「高羽優輝がチェックインした部屋は何号室だと聞いている」

　瀬戸はきょとんとしたあと、ハッとして急いでカウンターの内側にあるキーボードを操作し、宿泊客名簿を調べはじめた。

「二九〇三号室です」

「エグゼクティブフロア行きのエレベーターには専用キーがないと乗れないだろう。それを出してくれ」

「は、はい」

泰成の正体が社長だと判明したからか、それとも言いなりにならざるを得ないほどの威圧感があったのか、瀬戸は諾々と従って専用キーを出してくれた。それを受け取り、泰成はエレベーターに乗った。富裕層向けのエレベーターだ。上品な内装でスピードはゆっくり。泰成は足を踏みならしたくなりながらも我慢して、操作パネルの上部にある回数表示をじーっと見上げた。

やっと二十九階に到着し、泰成はしんと静まりかえった廊下に出る。分厚い絨毯《じゅうたん》が敷かれたフロアに人気《ひとけ》はない。この階層には四つしか部屋がなく、壁は頑丈に分厚く造られている。ちょっとやそっとでは音が漏れないのだ。

泰成は二九〇三号室の前に立ち、呼び鈴を鳴らした。間を置いて、二回、三回とボタンを押す。なかなか反応がないのはなぜだ。まさか、急には対応できないようなことをしているのか。ベッドルームにいるとか、靴と靴下を脱いでいるとか、服を脱いでいるとか、一糸まとわぬ姿でいるとか、馬の骨と――。

「はい、どちら様ですか？」

優輝ではない、若い男の声が内側から聞こえた。これが馬の骨か。カーッと頭に血が上った。

「ここを開けろ！」

拳でドアをぶっ叩いた。力任せに、何度も叩く。手の痛みなんて感じない。どうでもいい。とにかく、中に優輝がいるはずだ。自分の拳なんてどうでもいい！

「そこに優輝がいるだろう！　迎えにきた。俺の優輝を返せ！」

カチッとロックが外れる音がしたと思ったら、すんなりとドアが開いた。顔を覗かせたのは、見知らぬ男。目線がほぼ泰成と変わらない長身で、いまどきの若者のヘアスタイルをした二十代半ばと思われる男だった。

きっちりと服を着ているところにだけはホッとした。まだなにもしていなかったようだ。だからといって許せるわけがない。

「おまえが優輝の連れか……」

「泰成さん」

馴れ馴れしく名前を呼ばれて怒りが沸騰した。こんな男は知らない。どうして自分の顔と名前を知っているのか。優輝が保護者だと教えたのか。ただの保護者だと。

「優輝がいるだろう、迎えにきた」

「迎えに？」

男は背後を振り返り、「優輝、迎えを頼んだのか？」と聞いた。親しげな口調がカンに障る。

「優輝、帰るぞ！」

負けじと泰成は奥へ向かって声を張り上げる。

「泰成さん？」

聞き慣れた優輝の声が耳に届いた。姿が見たい。無事な姿が。

目の前に立ちはだかる男が邪魔で、泰成は「どけ！」と胸ぐらを摑んで押した。ところがビクともしない。足の裏が床にくっついているのか、それともガチガチの胸板には鉄板でも仕込んでいるのかと疑うレベルだ。

「どけと言っているだろう！」

さらに頭に血が上った。きょとんとしている男の目が、まるで馬鹿にしているようにしか見えなかったからだ。

（ああ、たしかにおまえの方が若いさ。力を誇示しているのか。これしきの力しか出せないのかと、侮っているのか？）

暴力はいけない。たとえなにがあっても先に手を出した方が負けだ。訴えられたら負ける。全面的に悪くなる。人の上に立つ者として、拳で解決しようなんて絶対にしてはいけないことだ。

わかっちゃいたが、泰成は我慢できなかった。

「どけって言ってんだろ！」

胸ぐらを両手で掴み、ぐいぐいと全力で押すと、男がやっと動いた。部屋の奥へと後退していく男に合わせるかたちで泰成も部屋に入る。

「ちょっと、泰成さん」

「うるさい、俺の名を呼ぶな！」

「泰成さん」

「優輝は俺のものだ、おまえになんか渡すか！」

右手を振りかぶり、男の左顔面を狙って殴りかかる。目標に到達する寸前、パシッと軽く、大きなてのひらで受け止められた。えっ、と思った瞬間には、男の姿がかき消える。ふわりと泰成の体が宙に浮いた。直後、ばふんと音を立てて、背中から柔らかな場所に落ちていた。

なにが起こったのか、にわかにはわからない。泰成は呆然と天井を見た。

スイートルームのリビングに置いてあるソファに、泰成は横たわっている。なにがどうなってこうなったのか。あまりにも一瞬の出来事で、どこも痛くなくて、むしろ浮遊感がむずむずするくらいで。

たぶん、投げ飛ばされた。恐ろしいほどに軽々と、上手に、宙に放り出されて、背中からソファに下ろされたのだ。あれほど燃え上がっていた怒りと嫉妬の炎が、ほぼ鎮火するほどの衝撃だった。

上から男が見下ろしてきた。そこに優輝も加わって、「どうしたんですか？」なんて不思議そうに聞いてくる。

「僕が、よくここにいることがわかりましたね、泰成さん」

「あ……う……」

携帯電話の位置情報云々《うんぬん》は言えない。口籠もりながら、のろのろと体を起こす。

「迎えにきてくれたのは嬉しいですけど、どうして遼太郎に殴りかかったんですか？　なにかありました？」

「…………遼太郎……？」

意外すぎる名前に、泰成はぽかんと男を見上げる。泰成が知っている遼太郎は、坊主頭で百キロを超えた体重の持ち主だ。いまここにいる男とは、とても同一人物には見えない。

「え、遼太郎君？」

「お久しぶりです」

男がぺこりと頭を下げた。信じられない。そんな馬鹿な。そんなまさか。

「本当に遼太郎君？」

「遼太郎です。ずいぶん前ですが、柔道の大会会場まで応援に来てくださって、ありがとうございました」

礼儀正しいところは、いかにも体育会系の育ちだ。泰成は愕然とするしかない。

「坊主頭はどうしたんだ？」

「引退したので伸ばしました。体重も、維持する必要がなくなったので、けっこう落としました」

髪伸びすぎ、カッコ良くカットしすぎ、体重落としすぎ。

難癖が頭の中でつぎつぎと飛び出すが、泰成はかろうじて言葉にはしなかった。これ以上の醜態は沽券《こけん》に関わる。

「遼太郎、ずいぶんと変わったでしょう？」

優輝が笑っても、泰成は笑えなかった。変わりすぎだ。ぜんぜんわからなかった。

自分はいったいなんのためにこんなところまで駆けつけてきたのか——。

嘘をつかれてはいなかった。優輝は本当に遼太郎に呼び出されていたのだ。

「この部屋は？」

「遼太郎が香織ちゃんと過ごすためにバイト代をはたいて取った部屋ですよ」

優輝の説明に、遼太郎の顔をまじまじと眺める。照れたように目を伏せた遼太郎は、ナリは立派でも中身は紛れもなく高校を卒業したばかりの十九歳だった。

まだ十九歳のくせにハイクラスのホテルで誕生日を過ごすなんて生意気だと思うが、彼らが真剣ならば、家族でもない泰成がとやかく口を出すことではない。長い付き合いのようだし。

泰成はおそらく柔道の投げ技で飛ばされたのだ。あまりの早業《はやわざ》でわからなかった。

「あ、遼太郎、もうそろそろ出ないと」

「ホントだ」

遼太郎が自分の携帯電話で時間を確認した。泰成がのろのろとソファから起き上がるのを待って、三人いっしょに部屋を出た。エレベーターで一階へ降りる。そわそわしている遼太郎を、優輝が「頑張って」と励ましているのをぼんやりと眺めた。

「じゃあ、月曜日にまた大学で」

香織との待ち合わせ場所へと去って行く遼太郎を、優輝が笑顔で見送る。エントランスロビーに立つ優輝を、通りがかりの客たちがチラチラと見ていた。それもそうだろう。姿勢よく立つ、すっきりと整った容姿の優輝は、人目を引くのだ。

だれが見ても、優輝は綺麗だ。だれもが手に入れたいと思うだろう。優輝に興味を引かれている客たちは、女ばかりではない。男もいる。

いまの優輝は、まだだれのものでもない。鼻がきく者には、それがわかるのかもしれない。

（……だれにも渡したくない）

自分のものにしたい。抱きしめたい。あの綺麗な唇に、キスしたい。あの子が自分だけのものになったら、どれほど幸福だろうか。世界が輝くだろうか。毎日が香《かぐわ》しいものになるだろうか。

「泰成さん、お茶でも飲んでいきますか？」

ロビーラウンジを指さす優輝は、さっきスイートルームに怒鳴りこんできた泰成のことをどう思っているのか、なにも言ってこない。あきらかに様子がおかしかったにもかかわらず。

あえて聞かずにいるのか、それとも聞くほどには興味がないのか。

どちらにしろ、泰成は有耶無耶《うやむや》にするつもりはなくなった。養い子に抱いてしまった恋情は胸に秘めておこうと思っていたけれど、もうどうにもならないところまで膨れ上がっている。

言葉にしたとたんに嫌悪されて拒絶されたとしても、黙っていることはできそうになかった。

「優輝はここのアールグレイが好きだったな。でも、また今度にしよう」

「帰りますか。泰成さんはここまで車で来たんですか？」

「いや、タクシーだ」

「じゃあ、タクシーで帰ります？　照雄さんがきっと待って——」

エントランスに向かおうとする優輝の腕を、泰成は摑んだ。振り返った優輝が「泰成さん？」とわずかに怯えた目をする。

優輝はあえて聞かずにいたのか、と気づいた。さっきの常軌を逸した泰成に恐れを抱き、努めて冷静にしていただけだ。現に、泰成に腕を掴まれて、戸惑いの表情を見せている。

「話がある。私にしばらく時間をくれないか」

怖がらせるつもりはない。泰成は手を離し、一歩引いた。

「話をするだけだ」

「いまから、ですか？」

「できれば」

泰成の譲れないという意志が伝わったのか、優輝はひとつ息をついて目を伏せた。

「……わかりました」

ちいさく頷いたあと、優輝の方もなにか決意を固めたような目を向けてきた。

◇

話がある、と言った泰成は冷静さを取り戻していたように見えた。だから優輝は頷いた。

そのあとすぐ泰成はフロントカウンターに行くと藤森副支配人を呼び出し、一枚のカードキーを受け取った。話をするためだけに部屋を取ったらしい。その様子を、優輝は離れた場所で見ていた。

「優輝、おいで」

呼ばれてエレベーターホールへと歩いて行く。エグゼクティブフロアへ行く専用のエレベーターに乗る泰成に続いて、優輝も煌《きら》びやかな箱に入った。無言の二人を乗せてエレベーターは最上階まで上がった。

廊下に出ると、敷かれた絨毯の厚さに驚いた。遼太郎と香織が宿泊予定の二十九階よりも分厚く、くるぶしまで埋まる。完全に足音を吸収する絨毯の上を進み、泰成がカードキーでロックを解除した最高級のスイートルームに入った。

大理石と思われる光沢の玄関には、どっしりとしたガラス製の花瓶に一抱えもありそうな豪華な花々が生けられていた。そこを通り過ぎると大きな窓がある。東京駅が見下ろせる景色が素晴らしい。ゆったりとした二十畳ほどはありそうなスペースはおそらくリビングで、白い総革のソファセットがあった。

壁のドアの向こうはベッドルームだろう。そして廊下の突き当たりはバスルーム。

間取りは二十九階とあまり変わらないようだが、一部屋の広さがちがう。床面積は倍ほどはあるかもしれない。そして置かれた家具のランクがかなり上がったのが一目でわかった。この部屋に足を踏み入れたのははじめてなので、普段なら各部屋を探検したいところだった。

けれどいまは、そんな気が起きない。泰成の様子がおかしいからだ。怒鳴りこんできたときは驚愕した。泰成のあんな大声は聞いたことがなかったし、目を吊り上げて遼太郎に殴りかかったときは悲鳴を上げそうになった。幸いにも遼太郎がうまく返してくれたので双方にケガはなかったが。

いまの泰成は落ち着いている。しかし、こんな厳しい表情は珍しく、いったいどんな話があるのか緊張していた。平静を装っているが、心臓がバクバクと音を立てている。

広いリビングルームのソファに腰掛け、泰成と向かい合った。

「優輝、さっきは醜態を晒してしまった。みっともないところを見せてしまって、すまない」

泰成が両手を膝に置いて深々と頭を下げた。

「遼太郎君に呼び出されて出かけたはずの優輝が、私の知らない男と二人でホテルの一室にいると知り、逆上してしまった。まさか遼太郎君があんなに面変わりしていたとは知らなくて、彼には酷いことをしてしまい、反省している。後日、改めて謝罪するつもりだ」

はぁ、と魂が抜け出てしまいそうなため息をつき、泰成が項垂れる。優輝もため息がこぼれた。

「……僕が、泰成さんの知らない人とホテルに来て、なにをしていると思ったんですか？」

「すまない」

質問には答えずに、泰成は両手で顔を覆った。その様子だけで、どんな想像をしたのかなんとなくわかる。

「僕はいまだれともお付き合いをしていません。もしそうした相手ができたなら、かならず泰成さんに紹介します」

「本当に悪かった。すまない」

泰成は心から反省しているようだった。それにしても、優輝の付き合う相手が同性もありだと、泰成はごく自然に考えたことになる。それに対しては、すこし複雑な気持ちになった。

ひとつ、疑問に思うことがある。

「……僕がここにいると、どうやって知ったんですか？　もしかして、副支配人が連絡しました？」

「いや、携帯電話で調べた」

「携帯？」

「位置情報が確認できるアプリを知っているか？」

「まさか……」

優輝はジャケットのポケットから自分の携帯電話を出した。この中に、知らないうちに仕込まれていたということか。

「すまない……。君がどこでなにをしているのか確認できるように、無断でアプリを入れさせてもらった。本当にすまない」

泰成がまた頭を下げた。優輝は啞然と、下げられた頭のてっぺんを眺めるしかない。過保護だと思っていたが、これほどとは……。

「君に嫌われても仕方がない。遼太郎君に酷いこともした。大人の男がすることじゃない。申し訳ない。私がすべて悪い」

項垂れている泰成に、優輝は混乱する。泰成らしくない。いつも冷静で鷹揚《おうよう》に構えていて、頼り甲《が》斐《い》がある大人だと思っていた。取り乱すところなど、この五年間で見た覚えがない。それなのに、このところ狼狽えた表情をなんどか見た。

「泰成さん、どうしちゃったんですか？　最近、泰成さんらしくないことばかりです。なにかありましたか？」

「……私らしくないか？」

「らしくないです。だって泰成さんはいつも泰然としていたじゃないですか。堂々としていて地に足がついた、ちゃんとした大人の男の人で、僕はそんな泰成さんを尊敬していました」

「過去形か」

「いえ、いまでももちろん尊敬しています。気持ちは変わっていません」

ただ、好きになってしまっただけだ。家族としてではなく、ひとりの人間として、この人を好きになった。

「もともと、私は君に尊敬してもらえるような人間ではないんだ」

フッと自嘲気味に笑い、泰成がゆっくりと顔を上げて、優輝を真正面から見つめてきた。視線を逸らすことを許さない、そんな強さを秘めた瞳に、優輝は捕らえられたように動けなくなる。

「君を愛している」

なにを言われているのか、すぐには理解できなかった。

「愛している。この世のだれよりも、君が大切で、守ってあげたい。君がいれば、他になにもいらないくらい、私にとって君がすべてだ」

「……え……？」

「驚くのも無理はない。突然、保護者でもある中年の男に愛の告白をされて、信じられない気持ちになるのは当然だ。私も、自分の想いに気づいたときには愕然とした。いままで同性を好きになったことはなかったから。恋愛対象は異性だった。それなのに、君を愛してしまった。よりによって、中学生のときから面倒を見ている遠縁の子にこんな……恋情を抱いてしまうなんて……」

泰成は両手で顔を覆い、またため息をついた。優輝は凍りついたように動けない。

いま泰成はなんと言った？　現実とは思えなかった。泰成がこんなことを言うはずがない。

（レンジョウ……それって、恋情？　まさか……まさかだよ……）

頭がうまく働かなくて、泰成の言葉が正確に理解できていないような気がする。レンジョウという読みの熟語を「恋情」以外に探そうとしたが、思考が空回りする。

「君にとっては最悪の展開だと思う。だがこの先、君との関係がどうなろうと、大学卒業まで経済的な援助は続けていくつもりだ。それが、中学生の君を引き取った者の義務だと思っている。もし海外に留学したいとか、大学院に進みたいという希望があるとしたら、遠慮なく申し出てくれ。援助は惜しまない。君が独り立ちできるまで、私は支援を続けていきたい」

きっぱりとそう言い切り、泰成は言葉もなく硬直したままの優輝をちらりと見た。

「一人暮らしをしたいと言い出したときは、私のこの気持ちを悟られたのかと思ったが、いまそんなふうに驚いているところを見ると、気づいていなかったようだな」

気づくわけがない。だって——思いもしなかった。

優輝は視線だけでスイートルームのリビングを見回す。これはなにかのサプライズかもしれない。タチの悪い、優輝を陥れようとするような人物が考えた、サプライズ。しかし、たとえそうだとしても、そんな企画に泰成が乗るだろうか。

泰成は誠実な人で、優輝にはいつも正直でいてくれた。経営者なのだからビジネスの現場では正直ではいられない場面が多々あるだろう。しかしそれをプライベートに持ちこむことは一切なかった。だから優輝は泰成を信頼したし、好きになってしまったのだ。

そろりと視線を落とし、優輝は自分の手を見た。ちょっと動かしてみる。意志通りに動いた。握ったり開いたりすると、その感触がはっきり伝わってくる。右手で左手の甲を抓《つね》ってみた。

「痛い……」

ちゃんと痛みがあった。では、これは現実なのか。夢ではなくて。

自分で自分の手を抓っていたところを見られたようだ。怪訝そうな顔をされてしまった。

「優輝？　どうした？」

「……夢じゃないかと思って……」

「すまない。これは現実だ」

泰成が沈痛な面持ちになり、また「本当にすまない」と項垂れる。

「ただひとつだけ、言い訳させてもらいたい。五年前、十四歳だった優輝を引き取ったのは、純粋な庇護欲に突き動かされてのことだった。二年間も不遇な月日を過ごした君に、安寧を与えてあげたかった。ごく普通の、安心できる家と健康的な食事と学校生活を提供できたらいいと、それだけだった。当時から君によこしまな想いを抱いていたわけではない」

「よこしま……」

　それって、どんな想い？

「……自覚したのは、本当につい最近だった。君をだれにも渡したくない、私だけのものにしたいと思うようになってきて、自分を疑った。これは保護者としての責任感を超えている、もし君に恋人ができたら温かく見守ることなどできない、自分はいったいどうしてしまったのかと」

　苦悩の表情を浮かべる泰成は見ていなかったが、優輝は何度も頷いていた。おなじだからだ。優輝もおなじように悩み、苦しんだ。想うだけなら自由だ、相手の迷惑にならないように隠しておけばいいという落としどころを見つけるまで、ずいぶんと懊悩《おうのう》した。

「気のせいかと思ったりもしたが……君の顔を見てしまえばもうどうにもならないところまで愛情が深まっていることに打ちのめされるだけだった。しかし君に私の気持ちを押しつけるわけにはいかない。ただ想うだけにしておこうと決めて——結局は黙っていられなくなったわけだが——照雄に優輝を愛してしまったことを打ち明けてみたら、自覚するのが遅すぎると呆れられた」

「照雄さんに、言ったんですか？」

「言った。どうせ隠していてもバレると思って。あの人は私が子供のころからよく知っているし、勘がいい。まあ、向こうはとうに気づいていて、温《ぬる》い目で見守ってくれていたようだが……」

気づいていて黙っていた――。もしかして、優輝の気持ちも悟られているのだろうか。

照雄の柔和な顔を思い出し、優輝は戦慄した。知られていたとしたら、恥ずかしすぎる。もう帰れない。どんな顔で会えばいいのかわからない。

「話はそれだけだ。今日は本当に申し訳なかった」

ソファの背もたれに体重を預け、泰成は天井を見上げる。

「私は今夜ここに泊まっていくから、君はタクシーで帰りなさい。照雄には私から連絡をしておく」

「帰らないんですか？」

「もう私の顔なんか見たくないだろう？　とうぶんはホテル暮らしをするよ。着替えは内田に用意してもらうから大丈夫だ。優輝の一人暮らしの部屋が決まるまで、私は家を出ていたほうがいい」

「どうして、そんな――」

慌てて止めようとして、告白を受けたにもかかわらず一切返事をしていない自分に気づいた。

現実にはありえないと最初から諦めていた相手から、情熱的すぎるほどの愛の言葉をもらって、驚愕するばかりだった。優輝はまだなにも言っていない。

泰成の方も、優輝の気持ちを聞き出そうとはしていない。最初から諦めているようだ。

きっと、おたがいが、自分の本当の気持ちを自覚したと同時に、諦めた。勝手に望みはないと決めつけて、失恋気分を味わっていたのだ。

「あの、泰成さん」

「本当に、申し訳ない」

「待ってください」

「すまないが、一人になりたい」

「僕にもいま時間をください」

リビングを出て隣の部屋へ行こうとする泰成を、優輝は引き留めた。腕を摑んで、振り向かせる。がっしりと摑んだ腕を、泰成が驚いた目で見下ろした。

「僕の話も聞いてください。言うだけ言って、逃げるんですか」

「……逃げるつもりはない……。私に触れられるのか。気持ち悪くはないのか」

「気持ち悪いなんて、そんなこと思うわけないじゃないですか」

「私は恥ずかしげもなく君に愛していると言った男だぞ。君には好きな人がいるとわかっていながら、言わずにはいられなかった」

「好きな人？」

「以前、言っただろう。好きな人がいると、はっきり」

そういえば、言ったような気がする。でもあれは——。

「その好きな人というのは、泰成さんのことです」

ここで引き留めないと一生後悔すると思い、優輝は必死になった。摑んだ手を離してはいけない。

「僕だって、泰成さんのことが好きなんです！」

勢いで声を張り上げてしまった。言ってしまってから、カーッと顔が熱くなってくる。

「えっ？　優輝、なにを言って……」

「僕も、泰成さんのことが、好き、なんです」

「好きって、どういう？」

「どう……って、その、アレな意味で」

「アレな意味？」

「か、家族愛じゃない方です」

泰成はぽかんと口を開けて、言葉もなく優輝を見下ろしてくる。そのまま穴が開くかと思うほどに凝視してくるので、優輝は居たたまれなくなった。泰成が一回り以上も年上の大人なのだから、ここはもっとうまく立ち回ってくれてもいいのに、と不満が湧いてくる。

摑んでいた腕を離した。距離を置こうと一歩下がったら、泰成が一歩詰めてくる。こんどは逆に腕を摑まれた。

「ごめん、もう一回、言ってくれるか？」

「……なにをですか」

「俺のことを、どう思っているって？」

泰成の一人称が「私」から「俺」になった。五年間、頑《かたく》なに優輝の前では「私」だったのに。

保護者としての仮面が剥がれ落ちた――。優輝は、そうとらえた。

「どう思っている？」

「…………好きです……」

はあっ、と泰成が息を吐き、空いている方の手で目元を覆った。天を仰ぎ、「神よ」と呟いたのが聞こえて自然と眉間に皺が寄ってしまう。なぜここで神？

「ごめん、もう一回言って――」

「いやです」

「そう言わず、もう一回でいいから」

「いやですっ」

泰成が腕を掴んだままぐいぐい迫ってくるので、優輝は下がり続け、ついに背中が壁に当たってしまった。壁際に追い詰められた格好になってしまう。

「優輝、いつから？　いつから俺のことをそう想うようになった？」

「……十七、くらいからです……」

「そんなに前から――。どうして言ってくれなかったんだ？」

「言えませんよ、こんなこと。言えるわけがないでしょう」

そのころ告白していても、当たって砕けただけだっただろう。優輝はまだ高校生の子供だったし、泰成は家族愛が行き過ぎたていどの気持ちしか抱いていなかったにちがいない。二人とも、恋情が育つには時間が必要だったと思う。

「優輝……」

泰成が身を屈めてきた。頬におおきなてのひらが添えられる。髪をかき上げられて、ぞくぞくした。変な声が出そうになって唇を嚙む。泰成の手は首まで下りて薄い皮膚を撫でてきた。こんな触れられ方をされたのははじめてだ。

「んっ……」

こらえきれなくて声が出てしまった。羞恥でいっそう顔が熱くなる。

「優輝……」

泰成の顔が近づいてくる。なにが起こるのか、なんとなく想像できた。経験はないが、泰成がそういう空気を醸し出している。一瞬たりとも逸らさない目が、怖いほど優輝を捕らえて離さない。逃げようとしたときは、もう遅かった。重なってきた唇の柔らかな感触に、頭が真っ白になる。ちゅっと軽く吸って、唇はすぐに遠ざかった。

鼻先が触れ合うほどの距離で、泰成が微笑んでいる。

「優輝、抱きしめてもいいいか」

先にキスをしておいて、ここでお伺いをたててくるなんて順番がおかしいのでは、という抗議の言葉は口から出なかった。二度目のキスをされたから。

くちづけをされながら背中をかき抱かれて、優輝は痛いほどに抱き竦められた。

また頭が真っ白になって、なにも考えられなくなる。

泰成の唇の柔らかさ、抱きしめてくる腕の力強さ、体温、そして匂い。密着した胸から響いてくる鼓動。それだけ。優輝の世界はそれだけで埋め尽くされた。このまま時が止まってしまえばいい。本気でそう思った。

重なった唇は、角度を変えながら何度も吸ってくる。吸われるたびに背筋をなにかが駆け抜けていき、すこしずつ全身に力が入らなくなっていった。唇がそっと離れても、それはすぐには治りそうにない。しがみつくものがほしくて、優輝はそろりと両腕を上げ、泰成の背中に回した。

(あ……泰成さんの、からだ……)

シャツ一枚の下にある、充実した筋肉の感触に陶然とした。こんなふうに触れられるときが来るなんて――。

帰宅後の着替えのとき、いつも視界の隅で動いていた泰成の背中。見てはいけないという自制のもと、優輝は意識的に視線を逸らしていた。脱いだばかりのスーツにブラシをかけることだけに集中しようと努めていた。

その肉体が、いま優輝の腕の中にある。想像していたよりもずっと逞しくて、熱くて、いい匂いがした。胸元から男らしい体臭が生まれているのか、そこに顔を埋めていると心地よい酩酊《めいてい》感に包まれる。今日は休日だから、泰成はフラグランス系のものはなにも身につけていないはず。この香りはきっと泰成自身の体臭だ。

胸いっぱいに泰成の匂いを吸いこむ。体の芯に灯《ひ》がともったように温かくなった。

「優輝、なんて顔をしているんだ」

顎に指をかけられて、上を向かされる。自分がどんな顔をしているのかなんて、わからない。けれどたぶん、蕩《とろ》けたような表情をしているのだろう。みっともないのかもしれない。

「……ごめんなさい……」

離れようとしたが、叶わなかった。泰成が優輝の腰に回した腕を解いてくれないからだ。

「咎めたわけじゃない。俺が我慢しているのに、それを台無しにするような顔をするから」

「我慢？」

「ものすごい我慢をしているさ。わからないか？」

ぐいっと腰を押しつけるようにされてギョッとした。下腹部に固くて熱いものが当たる。位置的に、どう考えてもそれは泰成のあそこだった。キスと抱擁だけでここまで体を高ぶらせている泰成に驚いてしまう。けれどそれは、歓喜の驚きだった。

自分に興奮してくれている。性的な欲求を覚えてくれている。それは愛の言葉よりも優輝に喜びを与えてくれた。体は嘘をつかないからだ。

「これ……泰成さんの……」

「すまない。君がおなじ気持ちでいてくれたと知って、こんなあからさまな反応をしてしまうなんて、いい年をした大人が――」

「嬉しいです」

謝罪なんて必要ない。反省している泰成を止めたくて、優輝は急いで素直に告げた。

「僕をほしいと思ってくれた証拠ですよね。とても嬉しいです。こんなふうになってくれて……」

「あ、こらっ」

手で触れて確認してみた。服の下ではっきりと隆起している部分を撫でる。大きかった。ドキドキしながら、何度も上から下へ、下から上へと指でなぞった。そのたびにビクンビクンと中で震えているのがわかる。一気に体温が上昇したのか、泰成の体から濃い体臭が香った。

鼻腔から刺激されて、優輝はうっとりと口元を緩める。

「触るな。我慢できなくなる」

「……我慢できなくなると、どうなっちゃうんですか？」

「それは、まあ、困ったことになるだろうな」

「困ったことって？」

「…………」

「泰成さん」

「大人をからかうのはやめなさい」

「からかってなんていません」

「だったら、そこから手を離しなさい」

無意識でずっと撫でていたソコから手を離し、優輝はふたたび泰成の胸元に顔を埋めた。思い切り吸って、好きな男の体臭で肺をいっぱいにする。

「なにをしているんだ」

「泰成さんの匂いを嗅いでいます」

「嗅ぐな」

「どうして？　とてもいい匂いがします」

「計算してやっているのか？」

「計算って、なにが？」

意外なことを言われて、きょとんと泰成を見上げる。ぐっ、と泰成の喉が変な音を立てた。

ああもう、と呻き声とともに泰成が優輝に覆い被さってくる。三度目のくちづけは激しかった。明確な意志を持った舌が強引に歯列を割って口腔《こうこう》内に入ってくる。驚いている優輝に構わず、泰成は口腔を傍若無人に舐《な》め回し、舌を絡めてきた。

上顎を舐められて気持ちいい。舌と舌を擦《こす》りつけ合うと気持ちいい。舌を噛まれるともっと気持ちいい。いつの間にか優輝は両手を泰成の首に絡め、もっとほしいとばかりにしがみついていた。

口の中がこんなに気持ちいいなんて知らなかった。体が熱くて熱くて、頭がクラクラしてくる。

「優輝、大丈夫か？　目の焦点が合っていないぞ。ここも、こんなに――」

泰成の手が優輝の股間に触れた。とうに勃起していたそこをやんわりと揉まれる。電流のように快感が背筋を駆け抜けた。

「あ……っ！」

弾けた。びくびくと震える腰が止まらない。下着の中が濡れていくのを止めようがなかった。

「ご、ごめんなさい、ごめんなさ……」

「優輝、どうした？　ああ、そういうことか」

立っていられなくて蹲《うずくま》った優輝に寄り添うようにして、泰成もしゃがんでくれる。恥ずかしさに、顔から火が出そうだった。

「ごめんなさい……」

「どうして謝るんだ？　優輝はなにも悪くない。おいで。綺麗にしてあげよう」

ひょいと抱き上げられてびっくりした。優輝は細身な方だが、身長は百七十センチある。軽くはない十九歳の男を軽々と横抱きにした泰成の筋力に驚いた。平然としている泰成の顔に見入っていたら、いつの間にか隣室に運ばれていた。

最上階のスイートルームのベッドルームだ。リビングルームとおなじように大きな窓があり、部屋の中央にはクイーンサイズのベッドが置かれていた。皺ひとつない、完璧にメイクされたベッドの上に、そっと下ろされる。

「ちょっと待っていて」

火照ったまま引いていない優輝の頬にチュッとキスを落とし、泰成は寝室からも行けるようになっているらしいバスルームに入って行った。水音がしているのを聞きながら待つ時間は、とても長く感じた。実際にはほんの二、三分だっただろう。

泰成は湯で濡らしたタオルを手に持っていた。それで優輝の汚れた股間を拭いてくれるつもりらしい。

「脱がせるよ」

「あの、自分で拭きます」

「俺にやらせてくれ」

「自分で、できますから」

こんな恥ずかしい攻防があっただろうか。

六月後半の日没は遅い。外はまだ昼間の明るさで、部屋の中も照明をつけずともじゅうぶんに隅から隅まで見える。粗相してしまったあそこを、好きな人に始末されるのは恥ずかしすぎる。

「自分でやります」

「優輝、これは俺の役目だ」

「そんな役目、知りません」

「俺が不用意に触れたせいでこうなったんだろう？　だったら俺がきれいにするべきだ。ほら、恥ずかしがらなくていい。君の裸なら露天風呂で見ている。それに、男同士だろう」

男同士だろう、なんて詭弁《きべん》だ。二人とも恋愛的な意味で好きだと告白し合った仲なのだから。

けれど、そんなふうに言われては、いつまでも抵抗している方が間違っているのではと思ってしまう。優輝が諦めて力を抜くと、泰成が流れるような動作で優輝の下半身を露わにした。濡れた部分が外気に触れて、ひやりと冷たくなる。

「横になって」

命じられたまま、優輝は無防備に横たわった。泰成は無言でそこにタオルを当てた。タオルは温かかった。優輝はぎゅっと目を閉じて、なにも見ない、なにも感じないようにした。

けれどそれはどうしたって無理で、泰成の指が優輝の性器を摘《つま》んで持ち上げ、隅々までタオルで拭いてくれる感触に羞恥が募る。いったん萎えてはいるが、すぐにでも復活してしまいそうな予感にヒヤヒヤする。もうこれ以上の醜態は晒したくない。なんにしろ、経験値がゼロなのだから。

じっくりと見られていることもわかっていた。恥ずかしさと同時に、泰成がどんなふうに感じたのか気になる。想像していたものよりも小さいとか、細いとか、色が変だとか、アンダーヘアの生え方がおかしいとか、どこか引っかかるところがあっただろうか。

きつく目を閉じて動かないようにしながらグルグルと考えていたら、ベッドサイドにあるテーブルで物音がした。視線を向けると、濡れたタオルがくしゃっと丸まっている。泰成がベッドの上から投げ置いたのだろうか。

「優輝……」

「は、い……っ？」

剝き出しの腹に、泰成が顔を埋めてきた。臍の横を痛いくらいに吸われる。チクッとした痛みが、じわりと熱に変わった。

「た、泰成、さん？」

「すまない、我慢できない」

「あ、やっ」

拭かれたばかりの性器が握りこまれた。ずくん、とストレートな快感に襲われて、「あんっ」といやらしい声が出てしまう。慌てて口を閉じたがしっかり聞かれていた。泰成の目がギラリと妖しく光ったのは、気のせいだろうか。

「あ、やめ……っ」

両足のあいだに胴体をねじこんでくると、泰成は優輝のシャツを首までまくり上げ胸にくちづけてきた。

乳首に吸いつかれてもなにも感じない。戸惑っているうちに、握りこまれていた性器をゆるゆると扱《しご》かれた。好きな人に触られて気持ち悪いはずもなく、自分でも情けなくなるほどにあっさりと性器は復活してしまった。くちくちと音がしはじめたのは、先端の割れ目から体液がこぼれ出したからだろう。

恥ずかしい。でも気持ちいい。優輝は無意識のうちに両足を広げていた。

泰成の手は巧みで、愛撫《あいぶ》に不慣れな優輝のそこを的確に刺激する。上り詰めそうになると刺激は緩められ、優輝は喘《あえ》がされた。

「あ、やだ、なにか、変に……」

性器を弄《いじ》られると同時に吸われ続けていた乳首がジンジンしてくる。両方の胸は交互に吸われたり舐められたりしていて、頭を起こして見てみると真っ赤に腫れていた。唾液で濡れ、ぷっくりと勃《た》ち上がった乳首がなんだかとても卑猥《ひわい》だ。優輝は半泣きになった。

「変です。これ」

「なにが？」

「こんなに赤くなって……。どうしてこんなふうにするんですか」

「君の可愛い乳首が美味しくて、舐めていたらこうなった。可愛い優輝の乳首はやっぱり可愛い」

真顔で言われて「そんな馬鹿な」としか思えない。体を起こした泰成が、服を脱ぎ出した。目線は優輝に据えたままだ。一瞬たりとも目を逸らさず、泰成は全裸になった。

その股間には圧倒的なものが存在していた。臍に届きそうなほど反《そ》り返っている。優輝のものとぜんぜんちがった。太さも長さも色も、迫力も。そしてその下の二つの袋もどっしりとした大きさだった。

それを見つめていると、心臓が爆発しそうなほど鼓動が激しくなる。口の中で唾液が溢れて、ごくりと飲みこんだ。

（触れてみたい……）

泰成の大切なところ。優輝を求めて血が集まったところ。そこから噎《む》せるほどの男らしい体臭が漂ってきていた。先端から滲む体液は、いったいどんな味がするのだろうか。アンダーヘアの濃い茂みに顔を埋めたら、どんな官能的な匂いに包まれるのだろうか。

無意識のうちに舌なめずりをしていた。

「優輝、君も男なんだな。獰猛な目になった」

泰成に笑顔でそう言われて、どんな目か気になった。

「俺のこれを、どうしたいと思ったんだい？」

「……触って、みたいです……」

「それから？」

「……どんな味が、するのかな……って……」

泰成は男っぽい笑みを浮かべて、「なるほど」と頷く。

「いますぐ確かめさせてあげたいが、先に俺が君の味を知りたいな」

おあずけ宣言をされてしまった。

「全部脱いで」

命じられて、優輝はくしゃくしゃになって首のあたりで丸まっていたシャツを脱ぎ捨て、全裸になった。

「綺麗だ、優輝……」

感嘆してもらえるほど自分の裸が綺麗だとは思えなかったが、泰成を高ぶらせる効果があるのなら嬉しい。

「愛しているよ、優輝。君のすべてを俺にくれ」

甘い——けれど揺るがない決意と覚悟を秘めた声で囁《ささや》かれた。

「僕も、泰成さんの全部がほしいです」

優輝が囁き返すと、泰成は「後悔させない」と自身への宣誓の言葉のように言った。

仕切り直しのように唇にキスされる。神聖な誓いのような、触れるだけのキス。目を合わせて、微笑みを交わした。

泰成の唇は優輝の顔中にくちづけ、やがて首筋に落ち、鎖骨の窪《くぼ》みに舌を這《は》わせたあと、また乳首に吸いついた。チュッと吸われると、こんどはあきらかに快感とわかる感覚が広がる。もう片方は指で弄られた。

気持ちよくて恥ずかしい。女性のように胸で感じている。最初はなにも感じなかったのに、弄られているうちにそう反応するようになってしまった。泰成はきっとわかってやっているのだ。優輝がそうなるように望んで、泰成がしていることなら、それで構わない。

「優輝、気持ちいいか？」

こくん、と頷く。視界が曇っているのは、目が潤んでいるからだろう。

「感じるなら、声に出してくれ。どこがどういいのか、俺にわかるようにしてくれないと」

「でも……」

はじめてなのに、それはハードルが高い。

「君が嫌がることはしたくない。君が気持ちいいことだけをしてあげたいんだ。どこがどう感じるのか、俺に教えてくれ。ほら、ここをこうしたらどうだ？」

片方の乳首を指で摘まれた。ツキンと軽い痛みがきて、すぐにふわっと溶けるような快感に変わっていく。赤く腫れた乳首はじくじくと疼《うず》き、また摘んで刺激してほしくなった。

「痛い？」

「……いえ、痛くない、です」

「じゃあ、気持ちいい？」

「いい、です」

顔を真っ赤にしながら正直に答えたら、乳首をぐりぐりと捏《こ》ねるように刺激された。

「あ、あ、あ、あ、あっ」

「これはどう？」

「い、いいです、気持ち、いいっ」

「そう、よかった」

乳首を指で弄りながら、泰成が顔を下ろしていく。優輝は絶えず喘ぎ、身悶《みもだ》え、泰成の口がついに股間にたどり着くのを見た。

「ああっ」

躊躇いもなく泰成が屹立《きつりつ》をくわえた。熱い口腔の粘膜に包まれて、蕩けるような快感に驚愕する。舌が絡みついてきて、裏筋あたりを舐め上げられ、優輝はひとたまりもなかった。

「やあっ！」

あっという間に達してしまい、泰成の口腔にすべてを放った。最後の一滴まで絞り出すように手で扱かれ、とどめとばかりに快感を与えられる。顔を上げた泰成は、満ち足りた顔をしていた。

「君の味を記憶させてもらった」

「……味……」

ぼんやりと意味を考え、ハッとする。まさか、ぜんぶ飲まれた？

どこにも吐き出した様子がないから、泰成は飲んだのだろう。呆然としている優輝を置いて、泰成が全裸のままベッドを降りた。隣のバスルームへ入って行く。戻ってきたときには、両手に備え付けのアメニティの瓶をいくつか持っていた。

ハンドクリーム、ボディミルク、マッサージオイル。なんのために用意されたのかわからない振りはしない。男同士のセックスがどういうものか、知識だけなら優輝だって持っている。

「優輝、性急かもしれないが、俺はいま、君と身も心もひとつになりたい。いいか？」

見下ろしてくる泰成の目をしっかりと見つめ、優輝は頷いた。

「はい。僕もおなじ気持ちです」

なにをされてもいい。泰成になら、すべてを明け渡せる。はじめてのことだから、たぶん最中に狼狽えることが多々あるだろうけれど――実際、さっきフェラチオされて出したものを飲まれて愕然とした。

でも、泰成を愛している気持ちは変わらない。いや、肌の熱を知って、増しているような気がする。

「ありがとう」

泰成は一瞬だけ、泣きそうに顔を歪《ゆが》めて、満面の笑顔になった。


荒い息づかいがベッドルームに満ちている。クイーンサイズの広いベッドのシーツは皺だらけになり、バスルームに備えられたアメニティの染みで汚れていた。香料が入り交じり、もはやどの花を元にした香りかわからない。噎《む》せ返るほどの匂いの中にいながら、優輝は泰成の体臭だけは嗅ぎ分けていた。

「あっ、ああっ」

ぐちゅっと粘性の音を立てて、泰成の指が優輝の粘膜をかき回す。ボディオイルにまみれた泰成の指は三本。忍耐強い泰成は、長い時間をかけて無垢《むく》な体をここまで広げた。

カーテンが閉められていない窓の外はとうに日が沈み、美しい夜景が広がっている。しかし優輝も泰成も、ゆっくり眺める余裕などなかった。世界は二人だけのためにあって、いまこのとき抱き合わなければ死んでしまいそうなほど、おたがいを欲していた。

「ああ、ああっ、もう、もう……っ」

体を繋げるためには労を惜しまない泰成によって、優輝はトロトロにされている。痛みは、もうずいぶんまえからない。一方的に弄られることに疲れ果て、ひとつになりたいと訴えても、泰成は「まだダメだ」と愛撫を続けている。

優輝は勃起させられたままだ。服の中で粗相をしたあと全身に愛撫を受けてふたたび兆し、その後は長く辛い我慢を強いられている。なにをされてもいいと決意を固めていたのは嘘ではないが、まさかここまで快楽漬けにされるとは予想していなかった。

もっと痛みや苦しみがあると思っていたのに、ちがっていた。気持ちよすぎて辛い。

とうとう懇願が口をついて出た。

「おねがい、もう、いかせてください……泰成さん、もう……」

「ひとりで何度もいくつもりか？　私といっしょでなければ許さない」

「ごめんなさい、でも、辛いから」

「もう無理か？」

「無理です」

泣きながら縋りつくと、泰成が「わかった」と微笑む。許された、と安堵した優輝から、指が引き抜かれた。広げて慣らすという行為を逸脱していたような愛撫がなくなり、ホッとしたと同時に寂しさを感じるのはどうしてだろう。

「優輝、そのままぐったりしておいで」

泰成が脱力している優輝の両足を両脇に抱え、だらしなく緩んでいる後ろに凶器のような屹立《きつりつ》の先端をあてがった。ぐっと肉塊が押しこまれてくる。じゅうぶんに広げられていたはずだが、それでも泰成のそれは大きかった。

「ああっ」

指先が届くよりも奥まで、容赦なく挿入される。上になっている泰成にしがみつき、優輝は逞しい胸に顔を埋めた。汗が滲む泰成の肌に唇を寄せ、悲鳴をこらえながら開かれる苦しみに耐えた。

やがて泰成が動きを止めて、ひとつ息をつく。

「入った……全部……」

「ほ、ほんと？」

「優輝、愛してる」

すべてを受け止めた優輝を褒め称《たた》えるように、泰成が愛の言葉とくちづけを降るように与えてくれた。動くよ、と予告してから泰成が腰を揺すり上げるようにしてそこを抉《えぐ》ってくる。

「ひ、ああっ、んっ」

なぜだか気持ちよかった。はじめてなのに、指で限界まで嬲《なぶ》られていたからだろうか。粘膜全体を熱塊で擦り上げられ、たまらない快感が湧き起こる。ぎりぎりまで引き抜かれてから抉るように貫かれ、優輝は声もなく背中をのけ反らせた。

繋がっているところが勝手にきゅっと窄《すぼ》まり、泰成を呻かせる。

「優輝、すこし緩めてくれ」

「なに？　なにが？」

「そんなにきつくされたら、もうもたない」

「わか、わかんない、わかんない、あんっ、やだぁ」

ぐちゅぐちゅに濡れた結合部を指でなぞられ、優輝は嬌声《きょうせい》を上げた。敏感すぎるほどに感じている場所に触れられて、もっと体内の屹立を締め上げてしまう。

「だから、緩めてくれ……っ」

「できな、そんなの、無理っ」

「優しくしたいと思っているんだ、これでも。クソッ」

ガツンと奥の奥を思い切り突かれ、目の前に星が散った。

「あーっ、あっ、やっ、あーっ」

「優輝、優輝、優輝っ」

激しく腰を振る泰成に翻弄され、優輝は快感に泣きながら射精した。だらだらと白濁をこぼしながら揺さぶられ、感じさせられて、休む間もなく勃起させられる。

噛みつくようにくちづけてきた泰成に口腔を明け渡し、舌を自由に噛ませた。甘く歯を立てられるたびに快感が背筋を走る。きゅうきゅうと泰成のそれを締めつけ、敏感な器官を熱塊で抉られる喜びに喘いだ。

「う、くっ……」

泰成が全力で抱きしめてきて、動きを止める。体の奥で弾けたのがわかった。大量の熱い体液がドッと粘膜に叩きつけられる。それにも感じて、優輝はびくびくと腰を震わせた。

「優輝……」

はあ、とひとつ息をついた泰成の大きな手で髪をかき上げられる。優輝の顔は汗と涙でびしょ濡れだった。泰成も全身に汗をかいて、肩で息をしている。

体を繋げたまま、キスをした。飽きることなく何度も重ねて、おたがいの上唇と下唇を吸い合う。愛しさが止まらなくて、もっともっとキスしたい、いつまでもこうしていたいと思った。

「……すまない、優輝」

「泰成さん？」

「萎えそうにないんだが」

体内に入ったままの泰成のそれは、縮むどころか力強く脈打っている。ゆさっと腰を突き上げられて、優輝は「んっ」と甘く喘いだ。

「もう一度、いいか？」

いいも悪いもない。泰成がもっとしたいのならば、優輝は喜んで受け止めるだけだ。

「してください」

「本当にいいのか？」

「いいです」

「その、二度目は長くなると思うんだが……」

萎えない性器を挿入したままでなにを言っているのか。躊躇っている泰成がおかしくて、優輝は促すようにキスをした。

「本当にしてください。泰成さんにしてもらえて、僕は嬉しいです」

「可愛いことを言う」

苦笑いしながら、泰成はゆっくりと動きはじめた。中に出された体液が恥ずかしい音を立てている。けれど優輝はしだいにそんなことを気にする余裕をなくしていき、また泰成にしがみついて嬌声を上げた。求められるのは嬉しい。セックスは気持ちいい。はじめてなのに上手にできているみたいで良かった——。

「泰成さん、好き……」

「俺も大好きだよ、優輝」

甘く囁かれて、幸福感で体がいっぱいになった。

まさか「二度目は長くなる」というのが控えめな表現だったとは、このときの優輝は知る由もない。

「やだ、もういや、もう……いきたくない、やあっ」

「優輝、可愛い、優輝、ここがいいのか？」

「あーっ、やーっ、ああっ、あーっ」

　がくがくと全身を痙攣《けいれん》させながら絶頂に達し、優輝はベッドシーツに爪を立てる。うつ伏せにされ、尻だけを高く掲げる体位で後ろから挑まれていた。ぬるりぬるりと圧倒的な存在感を誇示するように出し入れされ、あまりの快感にもうなにがなんだかわからなくなっている。

　性器からは、もうごく少量の精液しか出ない。涙のようにぽたぽたとシーツに垂れてささやかな染みを作った。

「またいったのか？　優輝、可愛いな」

　繋がったまま上体を抱き起こされ、ベッドの上であぐらをかいた泰成の股間に座りこむ体位になった。なにもしていなくとも自重で最奥まで肉塊の先端が届き、優輝はのけ反って喘いだ。泰成の肩に後頭部を擦りつけるようにして身を捩《よじ》る。

「泰、成さ……、もう、やめて……」

「痛いのか？」

　痛いわけではないから首を横に振る。

「疲れた？　でも、気持ちいいだけなら、もうすこし俺に付き合ってくれ」

　下からグッと突き上げてくる泰成は、まだ余裕がありそうだった。

泰成の二度目は本当に長かった。それから優輝は延々と揺さぶられ続け、何度もいかされ、しまいには意識が朦朧《もうろう》としてきて、気を失う寸前までいった。やっと泰成が射精に至ったときには、優輝は指一本動かせないくらいに疲弊していた。

「優輝、大丈夫か？」

顔を覗きこまれても返事ができない。喘ぎすぎて喉が痛い。声が出なかった。

「俺が洗ってあげよう」

抱っこされてバスルームに運ばれた。泰成は自力で立てない優輝を空のバスタブの中に座らせ、適温のシャワーで体の汚れを流してくれた。次に、注がれた体液をかき出すべく後ろにシャワーヘッドをあてがわれる。朦朧としていなかったら抵抗していただろう。

その後、たっぷりと湯を張ったバスタブで逞しい腕に抱きしめられ、優しくキスをされたところまではなんとか覚えている。

体力を限界まで奪われた優輝は、泰成に抱っこされて湯の中でたゆたいながら、夢の世界へと落ちていった。

◇

どこかで電子音が鳴っている。軽快なメロディーは携帯電話の呼び出し音だ。

泰成はゆっくりと目を開けて、床から音が聞こえてきていることを確認した。天井の模様を見て自室ではないと気づき、怒濤《どとう》の展開があった昨日の出来事を瞬時に思い出した。

左腕に重しがついたように動かないのは――と視線を動かせば、優輝の寝顔がそこにあった。腕枕をしている自分に驚き、ついで感動し、天使のような寝顔の優輝が布団の中で一糸まとわぬ姿であることを知って震える。

（ああ、夢ではなかったか……！）

昨夜、堪能しつくした優輝とのセックスが鮮明に思い出される。

はじめてのはずの優輝だったが、泰成が丁寧に前戯をほどこしたからか、あまり痛みを感じることなく体を繋げることができたようだった。

愛らしく喘ぎ、泣き、戸惑いながらも快楽を受け入れて絶頂に達していた優輝の表情。素晴らしいの一言だった。年相応にそれなりの経験をしてきた泰成だが、過去のあれこれがすべて吹き飛ぶほどの一夜だったと断言できる。

優輝の愛らしさは筆舌に尽くしがたい。

（いけない、思い出していたらまた勃ちそうになってしまう）

節操のない下半身を宥《なだ》めながら、泰成は優輝を起こさないように腕を抜いてベッドから降りた。当然のごとく全裸だったので、ホテル備え付けのガウンを羽織る。

そのあいだもしつこく鳴り続けている携帯電話は、床に脱ぎ捨てたパンツのポケットの中だ。それを抜き取り、リビングルームへ移動した。画面には内田の名前が出ている。今日は日曜日だ。なにか急用でもできたのかな、と画面をタップする。

「もしもし」

『ああ、やっと出てくれましたね、社長』

「緊急事態か？」

『それほどの緊急事態ではありませんが、大雅さんから私に電話がありまして』

「兄から？」

『社長に伝えたいことがあって昨夜何回も電話をかけたのに、ぜんぜん繋がらないと。電話に出られない状態なのか、私に尋ねてきたんです。なんでも、社長に頼まれていたミッションが、やっと完遂したらしいです』

　兄の大雅に頼んだ件――といえば、母の弥生のことだ。実家の旅館に優輝と二人で招待されて泊まったあと、なんとなく優輝の様子がおかしかったことから、母がなにか言ったのではと疑った。自分が正面から詰問しても埒《らち》があかなかったので、聞き出す役目を兄に頼んだ。きっとそれのことだ。

『旅館は日曜の朝は急がしいですからね。客のほとんどがチェックアウトした昼頃に、社長から連絡してみてください。私からはそれだけです』

「ありがとう」

『ああ、もうひとつ』

「なんだ？」

『いま、優輝君といっしょですか』

『やっとなるようになった、と解釈してよろしいんですよね？』

「……そうだ」

とっさにうまく切り返せなかった。どうしてこいつまでいろいろと知っているんだ、と不愉快になる。

『私はただの一社員ですが社長の専属秘書ですのでね。プライベートの変化も把握しておきたいのです。安易に手を出したわけでないのなら、特に口出しするつもりはありませんよ』

「安易のわけがないだろう」

『ですよね。社長の苦悩は、一番近くにいた私にもよーく伝わっていました。面倒くさいことになっていた両片想いが、おさまるところにおさまってよかったです』

「両片想いってなんだ？」

『字面通りのことですよ。それでは、社長、また』

「おい」

プツンと通話が切れた。仕方がない。本来なら今日は休日だ。それにもかかわらず、大雅の頼みを聞いて泰成に電話をしてきたのは、内田も高羽旅館の従業員だったからだ。若旦那のお願いを断ることができなかったのだろう。

たしかに大雅からの着信履歴が何件か残っている。昨日はそれどころではなかった自分に苦笑いがこぼれた。

泰成はベッドルームに戻った。寝る前に閉めておいた窓のカーテンを、リモコンで開ける。太陽はすでに昇っていて、初夏の清々しい青空が四角く切り取られていた。一気に明るくなったベッドルームの中、優輝がかすかに呻いて寝返りを打つ。剝き出しになった肩が美味しそうで、泰成はそっとキスをした。

「優輝、朝だよ、優輝」

優しく声をかける。乱れた髪を指ですき、白い頬を撫でた。薄いピンク色した唇を指でなぞると、反射的な動きなのか、唇が指先を食《は》んだ。可愛くて目尻が下がる。

「優輝、俺の指は食べ物じゃないよ」

「ん……」

優輝が目を覚ました。何度か瞬きをして、ベッドの端に腰掛けている泰成を見る。指を食べていることに気づいて、慌てて吐き出した。

「おはよう、優輝」

「お、おはよう、ございます……」

じわりと優輝の白い頬が赤く染まった。昨夜のことを思い出したのだろう。リンゴかサクランボか、といった鮮やかな朱色になっていく顔がたまらなく可愛い。このままもう一泊したいところだが、きっと家で照雄がやきもきしながら待っている。今日は帰らないとダメだろう。

「優輝、ルームサービスでブランチにしよう。お腹が空いたんじゃないか？　昨日は夕食を取っていないから」

そう言う泰成も空腹だ。夕食も食べずに何時間もセックスしていたのだから。

「なにが食べたい？」

「……なんでもいいです……」

「適当に注文するよ」

泰成はベッドサイドの壁に取り付けられた電話の受話器を取り、ルームサービスを頼んだ。十五分ほどで届くという。

「優輝、起きられるか？」

「わかりません……」

あまり体に力が入らないのだろう。不安そうな優輝に手を貸して上体を起こし、ガウンを羽織らせた。その隙に、白い肌に散った赤い痕がたくさん見えた。泰成が吸った痕だ。優輝はどこもかしこも綺麗で、泰成は体中にくちづけた。滑らかで、しっとりしている優輝の肌は、非常にキスマークのつけ甲斐があった。

（いまは考えるな。いまはダメだ。ここで襲いかかったら鬼畜だぞ）

泰成は兆しそうになってしまう股間を宥めながら、優輝の世話を焼いた。

昼過ぎ、ふらふらの優輝を連れて帰宅した泰成を待っていたのは、照雄の叱責だった。

「おかえりなさい」

出迎えてくれた照雄はまだぼんやりしている優輝には笑顔を見せたが、泰成には冷たい目を向けてくる。とりあえずリビングのソファに優輝を座らせた。喉の渇きを訴える可愛い恋人のために、泰成は飲み物を取りに台所へ向かった。その後ろをむっつりと黙った照雄がついてくる。

「おかえりなさい、社長」

「内田？」

ダイニングテーブルで私服姿の内田が呑気《のんき》にお茶を飲んでいた。

「どうしてここにいるんだ」

「照雄さんの顔を見にきただけですよ、なんて言っても信じないでしょうね。照雄さんに叱られる社長を見物しにきました」

ニヤニヤと笑っている内田は楽しそうだ。舌打ちして冷蔵庫を開けた泰成に、照雄がついに口を開いた。

「なんですか、優輝君のあの様子は。ふらふらじゃないですか」

「あー……まあ、いろいろとあって」

「いろいろしすぎです。いい年をして、加減もできないんですかっ」

照雄は泰成が優輝とセックスしたことではなく、やりすぎたことに対して立腹していた。人生のベテランは、優輝の状態からいろいろと察したのだろう。

「昨日の泰成さんの様子から、優輝君をなんとしてでも口説《くど》き落とすだろうとは思っていましたが、ここまで後先考えないで突っ走ってしまうとは……」

「俺もまだ若かったということだ」

「いいえ、もう若くはありません。三十五歳は立派な中年です」

言い切られてガーンとショックを受けた。

「泰成さんのせいで明日大学に行けなかったら、優輝君の精神的負担になるとは思わなかったんですか。たとえ行けたとしても、あんな色窶《やつ》れした顔で電車に乗ってみなさい。変な輩《やから》に目をつけられるのは間違いありません。タクシーで私が送っていきます」

「照雄さんがわざわざ付き添う必要はないですよ。私が送っていきます」

内田が手を上げた。

「ちょっと待て、内田は俺の送迎があるだろう。俺が出勤するときに優輝を乗せて、大学に寄っていけばいいだけの話じゃないのか」

「それでは社長が遅刻してしまいます。秘書室の社員に送迎は頼みますから」

「俺のスケジュールを調整すれば済む」

「そう簡単に言わないでください」

内田がムッとして目を眇《すが》めたとき、「泰成さん？」とリビングから優輝の声が届いた。三人の言い争う声が聞こえてしまったようだ。

「そういえば、社長。大雅さんには電話しましたか」

「忘れていた」

わざわざ内田が教えてくれたのに、すっかり忘れていた。優輝と恋人になれて、情熱的な一夜を過ごすこともできて、弥生がなにを言ったかという問題は泰成の中で重要度が低くなっていたせいだ。

しかし、せっかく大雅がなにかを掴んでくれたのだから、聞かなければならないだろう。

泰成はリビングで待つ優輝にペットボトルの水を渡し、二階の書斎に上がった。きっちりとドアを閉じてから、大雅に電話をかける。旅館業務はちょうど一段落したころだ。予想通り、呼び出し音はわずか一回しか鳴らなかった。

「もしもし、兄さん？　電話をしてくれたのに気づかなくてすみませんでした」

『いや、忙しかったんだろう？　土曜の夜までビジネス絡みの会食やらなにやらがあって、大変なんだな』

「ああ、まあ……」

どうやら内田が仕事中なので電話に出られないと適当に言い訳をしておいてくれたようだ。

『以前、泰成に頼まれていたことだが――』

「母さんから、なにか聞き出せたんですか？」

『優輝君に、早く泰成の家から出て行くようにと言ったらしい』

やはり、と泰成はため息をつく。優輝は大学卒業まではとりあえずこのままの生活を続けていく心づもりだったようなのに、いきなり家を出たいと言い出してきて、おかしいと思ったのだ。

『母さんはぜんぜん悪びれていなかったよ。どうやって聞き出そうかなと悩んでいた自分が馬鹿みたいに、あっさりと教えてくれた』

「母さん……」

『泰成にはいい縁談が山ほど来ているから存在が邪魔だとか、もっと遠慮しろだとか、正面から言ってやったと、誇らしげだった』

自分の母親ながら、ぶん殴ってやりたいくらいの怒りが湧いてくる。

『あの人は、なによりも高羽家が大切だから、自分に関わるすべての人が高羽家の旅館のために生きていると信じて疑っていない。だから結婚もせずに遠縁の優輝君を引き取った泰成のことが理解できないんだ』

「家庭を持って子供を作ることがすべてじゃないと、何度も訴えたんですけどね……」

結婚願望がまったくなかったわけではないし、子供嫌いなわけでもない。ただ、家のために良家の娘と結婚して後継者を作る、という道筋が不自然だと思ったのだ。一人の女性とずっと生活をともにしていく人生を想像してみても、あまりピンとこなかったこともある。

優輝と想いを交わし合ったいまならわかる。泰成は潜在的にゲイだったのかもしれない。女性と無理なくセックスできてはいたが、優輝とのそれはレベルがちがった。忘我の域に至る行為だった。

不思議なほどしっくりきた。優輝の体は瑞々《みずみず》しく美しかったが、はっきりと男だった。違和感なく愛撫することができ、夢中になって貪ったのは、もともと自分のセクシャリティがこちら側だった可能性が高いのではないか——と、思う。

周囲の言いなりになって無難な相手と結婚しなくて良かった。つくづくそう思う。違和感に蓋をして結婚していたら、遅かれ早かれ破綻していたにちがいない。相手の女性と子供を傷つける結果になったかもしれない。

「兄さん、ありがとう」

『母さんのこと、どうする？　放っておいたらどんどんエスカレートしそうだ。諦めることはなさそうだよ』

「直談判しかないな」

『えっ？』

「もう俺は大人になって独立したんだ。いつまでもあの人の息子じゃない。これ以上、俺の生活をかき乱されるのはごめんだ——くらいストレートに本音を伝えないといけないでしょうね。いまから行きます」

最後にもう一度、「本当にありがとう」と礼を言い、通話を切る。隣の寝室へ行き、クローゼットを開けた。昨日の部屋着のままだった服を着替える。パリッとしたスーツを身につけ、ネクタイまで結んだ。自分にとってスーツは戦闘服だ。いざというときはこれが一番いい。

泰成は一階に降りていき、まだ台所にいた照雄と内田に「出かけてくる」と告げた。

「社長、どうしてスーツなんか着ているんですか？　どこに行くつもりです？」

「実家だ。母と話をつけてくる」

「泰成さん、いまからですか」

目を丸くしながらも照雄は引き留める言葉は口にしなかった。

「兄が母から聞き出したところによると、あの人は優輝にこの家を出るようにと強く言っていたようだ。懲《こ》りずにまだ俺を結婚させようと画策しているらしい。いい加減、頭にきた。もう二度と余計なことを言ってこないように、談判してくる」

泰成は身を翻してリビングへ行く。優輝はソファの上で丸くなっていた。うとうとしている姿が抱っこしてよしよししたくなるほどに可愛い。

「優輝、優輝」

「泰成さん？」

しょぼしょぼと目を開けて、優輝が泰成を見た。たまらなくなってキスをする。ふふっと嬉しそうに微笑んだ優輝がこれまた超絶に愛らしいものだから、我慢できずにまたキスした。

「あれ？　着替えたんですか？　いまからお仕事？」

「いや、ちょっと実家まで行ってくる。すぐに帰ってくるから、優輝は留守番していてくれ」

「えっ？」

パチッと目を開けて優輝が体を起こす。はっきり目が覚めたようだ。事情を話したらついて行くと言い出しかねない。母親とのいざこざを優輝に見せたくなかった。これは自分の問題だ。

「待っていてくれ」

引き留められる前にと、泰成は急いで家を出た。外は暑かった。初夏というより、もう夏だ。

ガレージから自分の車を出し、走り出すと同時に冷房をつける。道が空いていたら箱根までは一時間ちょっとだが、日曜日のこの時間帯はどうだろう。

頭の中で経路のシミュレーションをしながらアクセルを踏んだ。

ところどころの道で車が多く、多少余分に時間はかかったが、比較的スムーズに実家に着くことができた。泰成は旅館の正面玄関に車をとめ、中に入る。

「泰成、本当に来たのか」

待っていたのは大雅だった。苦笑いして出迎えてくれる。

「兄さん、母さんはどこです？」

「事務所にいる」

泰成は頷いて、フロントカウンターの横にあるドアをノックもせずに勝手に開けた。ずかずかと中に入っていく。大雅もあとに続いてきた。

事務所にはいくつかスチールデスクが並べられていて、それぞれＰＣと電話が置かれている。そのひとつに弥生が着物姿のまま座っていた。

「あら、泰成」

顔を上げた弥生が立ち上がると、室内にいた他の事務員たちも何事かと顔を向けてくる。

「どうしたの、突然。今日は日曜日だけど、この近くで仕事でもあったの？」

「ないですよ。今日は休みです」

「じゃあどうしてスーツなんか着ているのよ」

「俺にとってこれは戦闘服だからです」

目を眇めると、弥生が泰成の不穏な空気を察してか、片方の眉を上げた。

「どういうこと？」

「母さん、俺は結婚しません。これ以上、縁談を持ってこないでください。俺はいまの生活に満足しています」

「なによ、それを言いにきたの？　わざわざ、東京から」

「そうです。わざわざ直接言いにきました。電話で言っても流されてしまうと思ったので」

「あーそう、はいはい、わかりました。あなたはまだ結婚したくないのね。じゃあ、当分はなにも言わないわ」

「まだ結婚したくない、ではなく、生涯結婚しないと決めています。当分なにも言わない、のではなく、二度と言わないでもらいたい。自分の人生くらい、自分で決めます」

　言い切ると、弥生の目尻が吊り上がった。

「一人で寂しく生きていくというの？　いまは三輪が身の回りの世話をしてくれるでしょうけど、そのうち年を取ってなにもできなくなるわよ。それともあの子を次の家政夫にするつもり？」

「優輝を家政夫にしようとは思っていません。それはこのあいだ言ったはずです」

「じゃあ、なんなの。いまは結婚したくないと思っていても、そのうち気が変わるかもしれないでしょう。生涯結婚しないなんて、いま宣言しなくてもいいんじゃない？」

　弥生はそう簡単には引き下がってくれないようだ。泰成としては、いまここで優輝との関係を暴露するつもりはなかった。カミングアウトにはパートナーの了承も必要だということくらい、わかっている。

「とにかく、これは俺自身の問題なので、優輝に余計なことは言わないでください。早急に一人暮らしをさせようとは思っていません。まだ学生です。卒業するまではこのままでいいと俺は――」

「あの子、喋ったの？　私が泰成の家を出て行くように言ったこと、あなたに喋ったの？　告げ口するなんて根性がねじ曲がった子ね。やっぱり育ちが悪いんだわ」

「優輝は喋っていません。自分で兄さんに喋ったこと、忘れたんですか？」

「大雅？」

弥生が意外そうな顔で、泰成の横に立っている大雅を見た。

「ああ、そういえば大雅に喋ったわね。なによ、大雅が泰成に告げ口したの？　ずいぶんと兄弟愛を深めていること」

「母さん、告げ口という表現はやめてください。それに私と泰成は昔から仲は悪くありませんよ」

呆れた口調で大雅が言う。弥生は苛立たしそうに「どいて」と、わざわざ泰成と大雅のあいだに割って入って事務所を出て行った。

「母さん、話はまだ終わっていません」

「うるさいわね。私は忙しいのよ」

仕方なく泰成は弥生のあとを追って事務所を出る。するとちょうど正面玄関から数人の客がわらわらと入ってくるのが見えた。いや、よく見ると客ではない。

「泰成さん！」

血相を変えて駆け寄ってきた優輝に驚いた。その後ろに照雄と内田。自分が到着して間もなく三人がここに着いたということは、すぐに泰成のあとを追って車を出したということになる。

「優輝、体調はもういいのか？　留守番していろと言ったのに」

「僕だけ安全圏でのんびりしてはいられません。泰成さん一人を矢面に立たせて……」

だれが優輝に事情を話したのか、と照雄と内田を胡乱《うろん》な目で見遣る。この二人のどちらかか、二人ともというところだろうか。

玄関前を通り過ぎようとしていた弥生が戻ってきて、いかにも好戦的な笑みを浮かべた。

「あら、こんにちは、優輝君。今日はいったいなんの用事かしら？　私は招待していませんよ。それに、うちの旅館を辞めた二人が揃って現れるなんて、珍事にもほどがあるわね」

「お久しぶりです、大女将」

照雄が頭を下げると、内田も揃って腰を折る。お辞儀の仕方が旅館の従業員風だった。体に叩きこまれた所作は、当時の職場に来ると自然と出てしまうようだ。

「大女将、泰成さんは立派な社長です」

照雄が一歩前に出た。

「高羽旅館で生まれ育ちましたが、いまは何千人という従業員を抱えるホテルグループのトップです。高羽家の名前を貶《おとし》めるどころか、ブランド化に成功しています。これだけの功績があるのだから、もういいじゃありませんか。私生活は好きにさせてあげてください」

腰を低くしながらも照雄がはっきりとした援護射撃をしてくれた。弥生が渋い表情になる。

「いやぁね、もう。私だけが悪人みたいじゃないの。そんなにおかしなことを言っているつもりはないんですけどね。みんな揃って、自由自由って、なんなの？　結婚って、そんなに悪なの？」

「母さん、俺は結婚自体が悪だとは言っていません。ただ、愛情のない結婚はしたくないだけです」

「そんなの、何回も会っているうちに好きになるかもしれないじゃない。あなたは縁談が来ても、会う前にぜんぶ断っちゃっているのよ。五年前はまだ三十歳だから家庭に縛られたくないって考えるのは仕方がないと思ったけど、泰成、あなたもう三十五歳なのよ。一度でいいから、会ってみたらどうなの？　いい加減、腹を括《くく》りなさいよっ！」

「腹ならもう括っています。結婚したいほど愛している人なら、もういるんです。だから口出ししないでくださいとお願いしています」

　弥生のややヒステリックな声がロビーに響き渡った。そこに泰成のため息が被さる。

「なによ、そんな相手がいるなら早く言いなさい。どこのだれ？　この際もう家柄がどうとかうるさく言わないわ。どこのお嬢さんなの。子供は産めるんでしょうね？」

　鬼気迫る形相で泰成に迫ってくる弥生から、つい目を逸らす。視線の先には優輝がいた。青ざめて立ち尽くしている。こんな居心地の悪い場所から、一刻も早く優輝を連れ出したかった。

「結婚したいくらいってどういうこと。さっさと結婚しなさいよ。どうして結婚しないのよ。まさか不倫なの？」

「不倫はしていません。でも結婚はできません」

「どうして？」

「現在の法律では不可能だからです」

「……えっ？」

「申し訳ありません！」

　突然、優輝がその場に膝をつき、両手を揃えて頭を下げた。つまり、土下座した。

「申し訳ありません、本当に、僕のせいです、僕が、僕が……」

「優輝、なにをしているんだ。君のせいじゃない。立ちなさい」

　慌てて泰成は優輝の腕を引いて立たせる。しかし優輝がぐらぐらと揺れているので、腰を抱いて支えた。半泣きの優輝が可哀想《かわいそう》で健気で、そしてどうしようもなく愛しくて、その青白い頬にキスをする。人前だろうと構うものか、となかば自棄気味の行動だった。

　弥生を見ると、唖然としている。大雅もびっくりしていたが、泰成と目が合うとニヤリと笑った。どうやらなんとなく予想していたようだ。

「つまり、こういうことです。日本の法律が変わって同性婚が可能になったら、俺は真っ先に優輝と籍を入れます。在住区が同性パートナーシップ制度を導入しているので、優輝が二十歳になったら届け出を出そうかと思っています」

「そうなの？」

　驚いた顔で見上げてくる優輝に、「俺はそう考えているだけだ。優輝が嫌ならしなくていい。これから相談していこう」と告げると、ちいさく頷いた。

　泰成としては、十六歳も年下の恋人にできるだけのことをしてあげたいと思っている。日本が数年のうちに同性婚について法整備できるとは思えないので、養子縁組も視野に入れていた。

「ゆ、許しませんよっ」

「母さんに許してもらわなくても結構です。俺にはちゃんと味方もいますし、高羽家の陰謀でこの先いまの地位を降りなければならなくなったとしても、優輝と二人ならどこででも生きていける自信がありますから」

つまり、社長の座を追われても構わない、固執しないぞという脅しだ。

弥生の顔色が変わった。怒りで赤くなっていた頬が、スッと白くなる。いま泰成に去られては困ることを、弥生は知っているからだ。幹部候補がまだ育ちきっていないし、長く同族経営を続けてきた高羽家は、外部から優秀な経営者を招く勇気を持っていない。それに泰成が高羽家に愛想を尽かして同業他社に移ったりしたら、高羽ホテルグループは悲惨なことになりかねなかった。

黙りこくった弥生の横で、大雅がやれやれとばかりに肩を竦めている。泰成は目だけで「あとはよろしく」と伝え、優輝の腰に回した腕に力を入れた。

「さあ、帰ろうか。言いたいことは言えたから、もうここに用はない」

「でも、泰成さん……」

「いいんだ。俺には君がいればいい」

弥生を気にしている優輝を促し、腰を支えたまま玄関から外に出る。泰成が乗ってきた車の後ろに、内田の車がとめられていた。

「これで大女将はおとなしくなりますかね」

内田が懐疑的な口調で呟く。照雄が苦笑して、「あの人はしぶといからね」と返した。

「二人とも、優輝といっしょに追いかけてきてくれてありがとう。俺としては、優輝には留守番をしていてもらいたかったが、結果的にはこれでよかったのかな」

「泰成さんの悪いところは、自己完結しようとするところですよ」

照雄に苦言を呈される。

「置いてきぼりにされた優輝君の気持ちを思いやってください。泰成さんの結婚に関する問題は、優輝君にとっても重要なんです。蚊《か》帳《や》の外にされて嬉しいわけがないでしょう。安全圏に置いておきたい心情はわかりますが、場合によっては諍《いさか》いの種になりますよ」

「心に刻んでおくことにする」

人生の先輩のアドバイスはありがたく拝聴する。泰成の横で、優輝がうんうんと頷いているからなおさらだ。

「優輝、置いて行ってすまなかった」

「もう僕も当事者です。これからは連れて行ってくださいね」

「約束する」

優輝の頬に赤みが戻ってきた。笑みを浮かべた頬に、チュッとキスをする。本当は唇にしたかったが、人目が気になるらしい優輝の気持ちを思いやって、やめておいた。

「それでは、私たちはとっとと帰ります」

内田の車に照雄が乗り込み、泰成と優輝に手を振る。どうやら気を利かせて、優輝は泰成の車に乗った方がいいと考えたらしい。

「今夜は内田のマンションに泊まります。明日の朝、帰ります」

照雄がそう言い置くと、内田が車を発進させた。年長者の二人がさっさといなくなったので、泰成は優輝を自分の車に乗せる。

「優輝、ちょっとだけドライブをして、夕食は美味しいものを食べて帰ろうか」

急遽《きゅうきょ》、思いつきでドライブデートの提案をすると、優輝はやっと満面の笑顔になった。

◇

自宅で二人きりの夜ははじめてだ。優輝は風呂上がりに歯磨きをしながら、すこしドキドキしていた。照雄が家を空けることはめったにない。いまごろは内田のマンションでもう寝ただろうか。それとも酒盛りでもしているのだろうか。

気を利かせて優輝と泰成を二人きりにしてくれたのはわかるが、照れくさくてたまらない。

（今夜はなにもないのかな……）

昨夜の記憶はまだ生々しい。泰成に愛された体は、どこかにまだ火種が残っているような感じがしていた。

（大人って……）

激しかった愛撫を思い出すと羞恥のあまりどうにかなってしまいそうだ。

風呂から出たとき、鏡にうつった自分の体を見られなかった。まだキスマークが鮮やかな色のままいくつもついていて、恥ずかしくて急いでパジャマを着て隠した。

（経験値のちがいって、どうやったら埋められるんだろう。いつか追いつけるのかな）

漠然とした不安がある。経験ゼロの優輝を相手に、泰成は楽しめるのだろうか——と、余計なことを考えてしまうのだ。

（エッチのスキルって、どうやったら上げられるのかな）

こんな悩み、だれにも相談できない。遼太郎は優輝とおなじ日に香織とはじめての夜を過ごしたはずだ。自分と同レベルだろう。

「優輝」

口を濯《すす》いでいたら洗面所のドアが開き、泰成が顔を覗かせた。水音と考えごとに集中していたせいで、足音に気づかなかったようだ。

「寝る支度ができたら、俺の寝室に来るように」

ドキッとする命令だった。泰成は先に風呂を済ませていたので、もうパジャマ姿になっている。

「わかった？」

「……はい」

優輝の辞書に、泰成に逆らうという言葉はない。言われたらその通りにするまでだ。

歯磨きを済ませた優輝は、いつも照雄がやっているように一階の戸締まりを点検し、セキュリティが起動していることもチェックし、明日の朝のために米を磨《と》いで炊飯器にセットした。

そしていよいよ、泰成の寝室へ向かう。二階のドアをノックすると、中から「どうぞ」と泰成の声が聞こえた。恐る恐る入室すると、泰成はベッドの上で携帯電話を触っていた。優輝の顔を見て、それをサイドテーブルに置く。

「おいで」

笑顔で手招きされて、吸い寄せられるようにふらふらと歩み寄っていく。ベッドサイドまで行くと、攫《さら》うようにして泰成に抱きしめられ、ベッドに押し倒された。

「優輝、可愛い。湯上がりの優輝は格別だな」

訳のわからないことを言いながらキスをしてくる。昨夜、泰成の唇の感触が大好きになった優輝は、陶然とくちづけを受け止める。今夜もセックスをするのかな、とぼんやり考えていたら、優輝の頭の中を読んだかのように泰成が「しないよ」と苦笑いした。

「今夜はおとなしく手を繋いで寝よう。連日あんなことをしていたら、優輝の体がもたない。明日は大学があるだろう？」

「はい……」

もう自分とはしたくないのかな、とネガティブな思考が胸に広がる。だから優輝の体を労《いたわ》る言葉を言い訳にしているとしたら——。

「優輝、変なことは考えるな。俺の愛情を疑うな。母親と兄の前で堂々と優輝と結婚したいと言ったんだぞ。その覚悟を軽く考えられたら困る」

そういえばそうだった。泰成は優輝とともに人生を歩むと覚悟を決めてくれたのだ。

「優輝は俺とまたセックスしたいと思ってくれるのか？」

「はい……」

恥ずかしさをこらえつつ、優輝は正直に頷く。泰成が上機嫌な笑顔でまたキスしてきた。

「俺もだ。一生、君だけを抱いていたい」

抱きしめられたまま布団の中に引きこまれた。泰成のベッドは広い。スイートルームのベッドほどではないが、二人で横たわってもじゅうぶんな余裕があるくらいだ。優輝は泰成の肩に頭を乗せて、至近距離から端正な顔を見つめた。

「最後までするのは、休日前だけにしよう。君の負担がどうしても大きくなるから翌日に響く。それ以外の夜は、こんなふうに抱き合って眠って、気が向いたら軽く触りっこしようか」

触りっこ、という言葉の響きがエッチで、優輝はほんのり顔を熱くする。

優輝には野望がある。昨夜、泰成の性器をほとんど触らせてもらえなかったから、そのうちたっぷり愛撫したり、間近で観察したりしたいのだ。泰成の男らしさの象徴であるあそこ。触れて握って扱いて、そしてキスしたり舐め回したりしたい。想像するだけで体が高ぶってしまいそうだ。

淫らすぎるだろうか。あまり積極的になっても、泰成がそれを望んでいなかったら引かれてしまう。

「泰成さん、あの……」

「なんだい？」

「僕も泰成さんのあれを舐めたいって言ったら、ダメですか？」

　単刀直入に聞いてしまった。泰成は一瞬黙ったが、すぐにクスクスと笑い出した。

「ダメなはずがあるもんか。してくれたら嬉しい」

「下手だと思いますけど」

「大切なのは気持ちだ。俺は、君になにをされても喜べる自信がある」

　変な自信だが、それは自分もおなじかもしれない。昨夜、泰成にいろいろなことをされたけれど、何ひとつ心から嫌だと思ったことはなかった。

（あ、そうだ）

　泰成に確認しておきたいことがあったと思い出した。

「あの、今日、大女将さんに同性パートナーシップ制度のことを言っていましたけど、あれは本気ですか？」

「もちろん、本気だ。ゆくゆくは養子縁組も考えている」

「養子縁組、ですか」

「でも急いでいない。ゆっくりと考えてくれればいい」

　額にキスをされて、優輝は「はい」と頷いた。養子縁組は、同性同士のカップルのあいだでは結婚とおなじ意味を持つことくらい知っている。

（つまり、僕は泰成さんにプロポーズされたってことだよね）

幸せすぎてどうしても笑ってしまう。こんなに幸せでいいのだろうか。

「さあ、寝ようか。おやすみ」

「おやすみなさい」

目を閉じる。泰成の体温を感じながら。

ドキドキと興奮していたはずなのに、昨日から今日にかけての出来事の数々に疲労していたらしく、眠りはすんなりと訪れた。優輝は愛する男の腕に抱かれて、静かに眠りに入っていった。


月曜日の朝、目覚ましのアラームがなくても、優輝はいつも起きる時間に目が覚めた。

すぐ隣に泰成の寝顔があって、幸福を感じる。そっとベッドを抜け出して、まず三階の自分の部屋に行って着替えた。机の上に置きっぱなしだった携帯電話を覗いてみたら、遼太郎からメッセージが届いていた。

『土曜日はあれからどうなった？　泰成さんがなんかすごく怒っているみたいだったけど、大丈夫だったか？　こっちは優輝のおかげですべてうまくいった。ありがとう』

香織と素敵な一夜を過ごせたようで、良かった。どうせ数時間後には大学で会えるが、土曜日は変な別れ方をしたので安心させるために『大丈夫だった。詳しいことは会ったら話す』とだけ返信しておく。

一階に降りる途中で二階の寝室を覗き、泰成に声をかけた。

「泰成さん、朝ですよ」

うーん、と唸《うな》ったあと、泰成が細く目を開けた。不服そうな表情をする。

「一人で先に起きて、もう着替えたのか？」

「ごめんなさい。いっしょに起きた方がよかったですか？」

「いや、いい。単なる俺のわがままだ」

よいしょ、と泰成が起き上がり、ベッドを降りる。優輝を軽くハグして、「おはよう」と頰にキスをしてくれた。昨日からまるで新婚のような甘いキスの連続だ。幸せすぎて頭がどうにかなってしまいそう。

「あの、朝食は昨日買ったクロワッサンでいいですよね。僕、コーヒーを淹れます」

「ありがとう」

着替えはじめた泰成を置いて、優輝は一階に降りた。コーヒーを淹れるためにヤカンで湯を沸かす。

昨日、帰り道の途中でパン屋に寄り、朝食用にとクロワッサンを買った。照雄がいないので、簡単に済まそうと思って。

ちょうど湯が沸いて、ペーパーフィルターで淹れているときに泰成が二階から降りてきた。

「いい匂いだ」

「どうぞ」

コーヒーカップと、温めたクロワッサンをダイニングテーブルに出す。二人で向かい合って、美味しいパンを食べた。

「こうしていると、優輝が新妻に見えてくるな」

「なにを言っているんですか」

自分とおなじような発想をしている泰成に照れ笑いをしたときだ。玄関から「ただいま帰りました」と照雄の声が聞こえた。しかし廊下を歩いてくる足音は、ひとつではない。

「内田もいっしょか。ああ、新婚気分が台無しだな」

泰成はそう言ったが、優輝はホッとしていた。二人きりの時間は心地よかったが、やはりこの家には照雄がいないと寂しいし、内田もごく近い存在で、家族の一員のようなものだ。

男ばかり四人の家族。世間から見たらすこし変則的かもしれない。けれど優輝にとって大切な、かけがえのない家族だ。優輝を引き取ってくれて、愛情を注いでくれて、泰成を好きになったことまでも受け入れてくれた。

「おはようございます」

照雄に続き、内田もダイニングに現れた。スーツを着て、秘書の顔をしている。

「これ、みんなで食べませんか」

内田が差し出したのは温泉まんじゅうの箱だった。箱根と書かれている。

「お茶を淹れましょうかね」

照雄が急須と茶筒を戸棚から出した。内田がさっそく箱を開けて、小皿にまんじゅうを並べる。どうぞ、と薦められて、優輝はひとついただいた。上品な甘さのあんこが、とても美味しい。

「美味しいです。泰成さんは食べないんですか？」

「朝からまんじゅうは、ちょっと……」

本気で嫌がっている顔がおかしくて、優輝は笑った。

朝日に満ちた部屋の中、四人でテーブルを囲む。みんな笑顔だ。泰成も、照雄も、内田も。

優輝は、とても、とても幸せを感じた。幸せすぎて、涙がこぼれそうになった。

あとがき

こんにちは、またははじめまして、名倉和希《なくらわき》です。十六冊目のリンクスロマンス「溺愛《できあい》パパのじれったい初恋《はつこい》」を手に取ってくださって、ありがとうございます。

またもや大人の男が初恋に狼狽える話を書いてしまいました。すみません、大好物です。

しかし、こうした話を書くときに注意しなければならないのが、「なかなか攻めがカッコよくならない」という点です。書きはじめる前、だいたいいつも担当さんに「ちゃんとカッコよくしてくださいね」と念を押されます。私としては精一杯、攻めをカッコよくしているつもりですが、どうも足らないようで、初稿を提出したあとに「もっとカッコよく！」と改稿の指示が出されるのです（どの出版社の担当さんにもおなじことを言われるので、それが私の駄目なところのようです）。

そんな苦労の末に出来上がった「溺愛パパのじれったい初恋」ですが、読後の感想はどうでしょうか。すこしでも泰成がカッコいいと思ってくれたなら嬉しいです。

今回のイラストは、兼守美行《かねもりみゆき》さんです。ご一緒させていただくのは二度目になります。スタイリッシュな泰成と、美人な優輝にドキドキしました。どう見ても賢そうでイケメンの泰成が、優輝への想いに狼狽えたり嫉妬したりしてぐだぐだになっていくなんて……と、楽しい妄想爆発です。ありがとうございました。

さて、二〇二〇年春。世界はコロナ禍で大変なことになっています。この本が世に出るころも、たぶんまだまだ収束していないことでしょう。外出を控え、みなさん自宅で過ごされていると思います。こんなときこそＢＬですよ。外へ遊びに行けなくても、本が一冊あればいくらでも妄想の旅に出発できます。

さあ、飛びこみましょう、めくるめくＬＯＶＥの世界へ。すでに飛びこんでいる方々は、さらにディープな世界へ。なにも怖がることはありません。大丈夫。キュートなボーイズや素敵なメンズがあなたを待っていますよ。

それではまた、どこかでお会いしましょう。

名倉和希

婚活社長にお嫁入り《こんかつしゃちょうにおよめいり》

名倉和希
イラスト：兼守美行

本体価格870円+税

平凡で子供好きな大学生・三澤永輝は、姉がバツイチ子持ち社長と政略的な見合いをさせられると知り、そんな縁談は許せないと、勇んで見合いの席に乗り込んだ。しかしそこにいたのは、永輝好みの、眼鏡が似合う理知的で精悍な男性だった。三十五歳で大手宝飾品会社の社長を務める佐々城博憲は、五歳の息子・隼人のために、再婚相手を探しているのだという。そんな中、滅多に他人に心を開かない隼人と仲良くなったことで、佐々城家の子守りバイトを頼まれた永輝。誠実で優しい博憲と、賢く素直な隼人、二人との生活の中で、今まで知らなかった、安らぎと温もりを感じる永輝だったが──？

リンクスロマンス大好評発売中

恋する花嫁候補《こいするはなよめこうほ》

名倉和希
イラスト：千川夏味

本体価格870円+税

両親を事故で亡くした十八歳の春己は、大学進学を諦めビル清掃の仕事に就いて懸命に生きていた。唯一の心の支えは、清掃に入る大会社のビルで時折見かける社長の波多野だった。住む世界が違うと分かりながらも、春己は紳士で誠実な彼に惹かれていく。そんなある日、世話になっている親戚夫妻から、ゲイだと公言しているという会社社長の花嫁候補に推薦される。恩返しになるならとその話を受けようとしていた春己だが、実はその相手が春己の想い人・波多野秀人だと分かり……!?

溺愛陛下と身代わり王子の初恋

できあいへいかとみがわりおうじのはつこい

名倉和希

イラスト：北沢きょう

本体価格870円+税

天涯孤独で俳優志望な大和は、希望のない日々に鬱屈としていたところ、突然異世界に召喚される。ふたつの月が輝く世界で出会ったのは、西の大国レイヴァース王国の王アリソン・レイヴァース。若くして王位を継いだという優しそうな彼に、大和は国の危機を救うため、行方不明の「王子」の身代わりになってくれと頼まれる。俳優らしく王子という「役」になりきってみるという形で協力することになった大和。アリソンに守られながら側近くで共に時を過ごすうち、二人の距離は徐々に縮まって……？

癒しのモフモフも登場の大人気・異世界トリップファンタジー♡

リンクスロマンス大好評発売中

王と恋するふたつの月の夜

おうとこいするふたつのつきのよる

名倉和希

イラスト：北沢きょう

本体価格870円+税

父を亡くし、折り合いの悪い義母たちと暮らす神社の長男・瑞樹は、慎ましく日々を過ごしていた。そんなある日、突然ふたつの月が夜空に浮かぶ異世界・アンブローズ王国にトリップしてしまう。その上、王室付きの魔導師から、先王派の陰謀により呪いを受けた王の愛玩動物だという不思議な白い毛玉を救ってほしい言われ、猛玉（命名：タマちゃん）と共に呪いを解く旅に出ることになった瑞樹。道中、美しく精悍な月の精霊・フェディと出会った瑞樹は、自分の頑張りを認め、励ましてくれるフェディに次第に心を寄せるようになり──。孤独な心を優しく癒す、ファンタジックラブロマンス！

LYNX ROMANCE

小説原稿募集

リンクスロマンスではオリジナル作品の原稿を随時募集いたします。

募集作品

リンクスロマンスの読者を対象にした商業誌未発表のオリジナル作品。
（商業誌未発表のオリジナル作品であれば、同人誌・サイト発表作も受付可）

募集要項

＜応募資格＞

年齢・性別・プロ・アマ問いません。

＜原稿枚数＞

４５文字×１７行（１枚）の縦書き原稿、２００枚以上２４０枚以内。
※印刷形式は自由。ただしＡ４用紙を使用のこと。
※手書き、感熱紙不可。
※原稿には必ずノンブル（通し番号）を入れてください。

＜応募上の注意＞

◆原稿の１枚目には、作品のタイトル、ペンネーム、住所、氏名、年齢、電話番号、メールアドレス、投稿（掲載）歴を添付してください。
◆２枚目には、作品のあらすじ（４００字～８００字程度）を添付してください。
◆未完の作品（続きものなど）、他誌との二重投稿作品は受付不可です。
◆原稿は返却いたしませんので、必要な方はコピー等の控えをお取りください。
◆１作品につき、ひとつの封筒でご応募ください。

＜採用のお知らせ＞

◆採用の場合のみ、原稿到着後６カ月以内に編集部よりご連絡いたします。
◆優れた作品は、リンクスロマンスより発行させていただきます。
原稿料は、当社既定の印税でのお支払いになります。
◆選考に関するお電話やメールでのお問い合わせはご遠慮ください。

宛先

〒151-0051
東京都渋谷区千駄ヶ谷４−９−７
株式会社　幻冬舎コミックス
「リンクスロマンス　小説原稿募集」係

LYNX ROMANCE

イラストレーター募集

リンクスロマンスでは、イラストレーターを随時募集いたします。

リンクスロマンスから任意の作品を選び、作品に合わせた
模写ではないオリジナルのイラスト(下記各1点以上)を描いてご応募ください。
モノクロイラストは、新書の挿絵箇所以外でも構いませんので、
好きなシーンを選んで描いてください。

1 表紙用 カラーイラスト

2 モノクロイラスト (人物全身・背景の入ったもの)

3 モノクロイラスト (人物アップ)

4 モノクロイラスト (キス・Hシーン)

募集要項

<応募資格>

年齢・性別・プロ・アマ問いません。

<原稿のサイズおよび形式>

◆A４またはB４サイズの市販の原稿用紙を使用してください。
◆データ原稿の場合は、Photoshop（Ver.5.0 以降）形式でCD－Rに保存し、出力見本をつけてご応募ください。

<応募上の注意>

◆応募イラストの元としたリンクスロマンスのタイトル、あなたの住所、氏名、ペンネーム、年齢、電話番号、メールアドレス、投稿歴、受賞歴を記載した紙を添付してください（書式自由）。
◆作品返却を希望する場合は、応募封筒の表に「返却希望」と明記し、返却希望先の住所・氏名を記入して返送分の切手を貼った返信用封筒を同封してください。

<採用のお知らせ>

◆採用の場合のみ、６カ月以内に編集部よりご連絡いたします。
◆選考に関するお電話やメールでのお問い合わせはご遠慮ください。

宛先

〒151-0051 東京都渋谷区千駄ヶ谷 4－9－7
株式会社　幻冬舎コミックス
「リンクスロマンス　イラストレーター募集」係

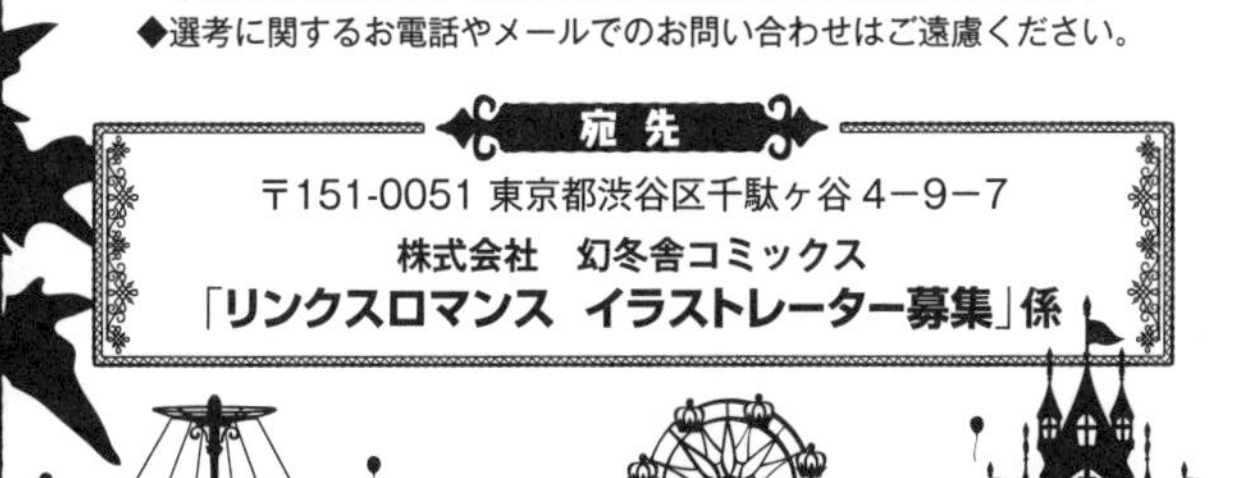

この本を読んでの
ご意見・ご感想を
お寄せ下さい。

〒151-0051
東京都渋谷区千駄ヶ谷4-9-7
(株)幻冬舎コミックス　リンクス編集部
「名《な》倉《くら》和《わ》希《き》先生」係／「兼《かね》守《もり》美《み》行《ゆき》先生」係

リンクス ロマンス

溺愛パパのじれったい初恋

2020年4月30日　第1刷発行

著者……………名《な》倉《くら》和《わ》希《き》

発行人…………石原正康

発行元…………株式会社　幻冬舎コミックス
〒151-0051　東京都渋谷区千駄ヶ谷4-9-7
TEL 03-5411-6431（編集）

発売元…………株式会社　幻冬舎
〒151-0051　東京都渋谷区千駄ヶ谷4-9-7
TEL 03-5411-6222（営業）
振替00120-8-767643

印刷・製本所…株式会社　光邦

検印廃止

ISBN978-4-344-84649-4 C0293
Printed in Japan

幻冬舎コミックスホームページ　https://www.gentosha-comics.net